AQUARIUS

AQUARIUS

AQUARIUS

AQUARIUS

每個人心中都有一座島嶼，
藉文字呼息而靜謐，
Island，我們心靈的岸。

去年在阿魯吧

Last_year@alu.bar

賀景濱——著

在悲傷中，我快樂地歌詠愛情
在絕望中，我歡欣地編織歌曲
只有渴望者，才能知道那意義

~ 華格納《齊格飛》
第二幕第三景，林中鳥之歌

目錄

第一章／去年在阿魯吧

一、GG該放哪裡好

我進去時，無頭人已經坐在角落裡了。

不，應該說，他把頭放在左手上，正用右手灌啤酒。

「嗨。」我跟他揮揮手。說真的，無頭人的豎領風衣挺帥的，可是脖子上空空的，看起來還是怪怪的。

「嗨。」他把頭放到吧枱上，轉向我。他一定是用VR 3.7版的數位虛擬程式，肢體五官都可以分離的。

我是虛擬城市巴比倫的虛擬公民，ID是AK47#%753$@~TU，綽號別管我，英文叫Leave Me Alone（LMA）；至於password，跟大家一樣，都是＊＊＊＊＊＊。自從展開我的虛擬人生以來，每晚我都會到這裡晃晃。Happy Hours at Alu Bar，阿魯吧的快樂時光，晚上八點到十點，買一送一耶！但為什麼所有酒吧的快樂時光總是如此寥落？

時候還早，我想。吧枱內，開酒手傑克（Jack the Bartender, JTB）兩手一攤，問我要什麼。我也兩手一攤，意思是隨便。我面前立刻出現一瓶虛擬的比利時啤酒，St. Feuillien；當然，還有原廠特製的開口杯。不用交代，傑克給的第一瓶，從來沒人抱怨過。只要瞄一眼你進門時的酒測值，他就知道該給你什麼。

我瞄了一眼無頭人袖口上的冷光名牌，他叫頭殼空空，Out of Head（OOH）。

「如果GG不長在GG的位置，你覺得好不好？」我聞了一下酒杯，最先逸出來的總是花香。

「要是GG長在手上，雖然可以自體口交，可是煎魚時會燙

傷。」

「要是把GG藏在腋下呢？」

「那蛋蛋會被夾得哇哇叫。」

「要是GG長在背上呢？」

「拍謝，那就不能打手槍囉。」

「這麼說，GG是長在它最理想的位置囉？」我喝下今晚第一口酒，好爽。

頭殼空空沉吟半晌：「如果GG有意志的話，會甘心躲在暗無天日的地方嗎？」

我也想了一下：「如果GG能夠出頭天，那GG會朝愈來愈大的方向進化，這世界就找不到可愛的小GG了。」

「為什麼？」

我敲敲頭殼空空的腦袋，如果大家都看得到GG，誰還要找小GG繁衍後代啊？笨蛋。「除非……」

「除非他很有錢，才可以確保後代的繁衍。」開酒手傑克湊過來說。

「對。」

「所以……有錢人都是小GG？」

「對對對。」傑克立刻跑到鋼琴邊，彈了一首〈有錢人的小GG〉：

〈行板〉

雖然我的GG小，可是我的志氣高；

只要我有錢，就有美眉可以抱。

〈間奏〉

雖然我的GG小，可是我的口袋飽飽；

只要我想要，雙B三P都可以搞。

〈間奏，轉緩板〉

雖然我的口袋飽飽，可是我的GG小小；

只要美眉看到，都說唉喲不妙不妙。

原來嘲笑有錢人是這麼快樂的事，大概我們都是無聊又無趣的無產階級吧。我轉向頭殼空空：「你每天這樣帶著大頭到處跑，不累嗎？」

「大頭本來就應該採用分離式設計。」

「為什麼？」

「打架時可以先把它擱到一邊。」

「那要怎麼指揮GG？」

「用藍牙啊。」

「難怪你只能喝數位的酒。」

老實說，數位的酒雖然可以虛擬得很像，味道就是差了那麼一點。儘管以數位為基礎的虛擬實境可以變出很多花招，我還是寧可有類比的虛擬程式進入巴比倫。比較像嘛。

以前他們老是說，只要數位的取樣頻率再高一點，總有一天可以達到擬真的天堂。鬼才相信。我再聞了一下酒杯，果香已經出來了。看來我終究是個無可救藥的類比信徒。也許等到下個世代，高傳真的類比電腦捲土重來後，人們才能領會什麼叫類比虛擬的天堂。

　　「喝數位的酒才不會宿醉啊。」頭殼空空堅持道。他的臉已經紅得像豬肝。

　　就這樣，我們有一搭沒一搭地窮聊，等到諾諾教授（Prof. Know No, PKN）進來時，頭殼空空已經有點頭殼壞去了；他的顏面神經好像一直在抽搐，右手的線條也變成斷斷續續。可能是新版的程式還不太穩定吧。

　　「嗨，別管我，好久不見。」教授臉上寫滿了五六分的酒意。跟在他旁邊的是個口交娃，嘴唇嘟嘟、臉頰鼓鼓的，名叫吸吸殺必死（Suck off Service, SOS），我猜她是教授最新的實驗性產品。

　　「哈囉，別管我，」我眼前的開口杯忽然開口說：「你已經三十分鐘沒碰我了。再不喝，這杯酒就要走味了。」

　　「MaDe，別管我。」我說。晶片，到處都是晶片。連酒杯也要附上感應對話的晶片。要是每個女人都植入這種晶片，「你已經三天沒碰我了，再不碰，我就要走人了。」哇哩咧，全世界的男人不瘋掉才怪。

　　「人家是好心提醒你嘛。」開口杯說。MaMaDe，你碰過會撒嬌的晶片嗎？我一仰頭，乾了。

二、會微笑的小ＢＢ

　　傑克開了一瓶Tripel Karmeliet，緩緩倒進鬱金香杯裡，泡沫剛好浮到杯口，給我的。諾諾教授則要了一杯St. Idesbald，聽說他從

前是專攻高能物理的，難怪口味比較重。至於口交娃，好像對比利時啤酒沒什麼興趣，卻猛盯著我的腰間看，好像我拉鍊忘了拉似地。弄得我好想告訴她，我那裡有個東西硬硬的，正不知道該怎麼辦才好。

不料這次先開口的不是鬱金香杯，而是杯裡的酵母菌：「喂，隔壁的，你們混哪裡的？」

「我們也是從比利時來的啊。」教授杯裡的酵母回道，然後兩個杯裡的酵母咯咯笑成一團。

「閉嘴。」我和教授幾乎同時大叫。大概是覺得這群聒噪的酵母，侵犯到我們「虛擬人」的主體性吧。

自從上個世紀發現神經細胞的傳遞機制後，如今各種有機電子迴路早已氾濫成災。會說話的酵母菌並不稀奇，最近的新聞是，一隻神經錯亂的沙克病毒，竟然向免疫細胞求愛呢。

不過我認為最可疑的，還是比利時修道院裡那些釀啤酒的老和尚。他們讓酵母菌在瓶內發酵也就算了，幹嘛還讓他們互通訊息呢？難道他們負有偵測的任務？St. Idesbald酒標上那個老和尚，愈看就愈像某個玫瑰騎士團的騎士潛伏在共濟兄弟會的後代。還有，Watou酒標上那個老和尚也很可疑。也許他們手上握有十字軍寶藏的祕密，如今這些祕密都分散藏在酵母菌裡，好確保能一代一代複製傳衍下去。要不然，比利時怎會有那麼多修道院釀的啤酒？至少，把祕密藏在無性生殖的單細胞裡，總比藏在人類身上穩定又安全。你總不會抓住一隻酵母菌來拷打吧。

「你知道嗎？」傑克神祕兮兮地說：「昨晚有三個細胞被幹掉了。」

巴比倫的虛擬警察叫細胞，其實他們全名叫掃毒戰警（AntiVirus Patrol, AVP）。他們會以各種形式出現在各種場合，你根本不知道，牆上的鐘是真的鐘，還是AVP裝扮的，何況它走得分秒都不差。

「怎麼回事？」我喝了一口Karmeliet，厚～真帶勁，這才叫啤酒嘛。

「應該又是跟什麼侵入物有關吧，」傑克聳聳肩：「反正沒人能逃過細胞搜尋的。」

當酒保就有這個好處，什麼都比別人多知道一點。

「我有個方法，可以逃過細胞的搜捕。」諾諾教授得意洋洋插嘴道。他左手摟著SOS的腰，一顆光頭就靠在她的右肩上，右手像滑鼠在她大腿上游移。我可以聞到空氣中瀰漫著女性費洛蒙的味道，就像初次發情的義大利種豬，在某個冬日的夜晚，迷失在洋溢著松露香氛的樹林裡。

傑克興味盎然地注視教授：「說來聽聽。」

就在這時，我瞥見吧枱角落，OOH的頭忽然晃了一下。他不是早就醉得稀巴爛了嗎？

教授的頭好不容易擺脫女性費洛蒙的吸引力，正襟危坐發表他的想法。他說根據超弦理論，這個世界並不只是我們可見的四維時空，像施瓦茲的弦論，就是十維的。

那其他六維呢？

「因為蜷縮得太小，所以看不見。」

「你是說，它們都蜷成小球，藏在地毯下面？」我聽得霧煞煞。

「嗯，可以這麼說。你可以用一種緊緻化的數學技巧把它們消去。」教授邊說邊要SOS把裙子底下的小褲褲脫掉。看ㄅ～，她真的這麼做了。那是一條紫紅蕾絲邊的丁字褲，大概是維多利亞公開的祕密，O孃系列的吧，我猜。

「你仔細觀察過陰唇的皺摺嗎？」教授才剛撥開，傑克已湊過頭去，「你看，這上面的起伏，這麼緊密的層次，這麼豐富的表情，」說到這裡，教授還用指尖推擠了一下，讓它露出微笑的表情，害SOS發出一聲輕吟，連我都忍不住想跟它打招呼。「其實，這種三維的皺摺，只要退一步看，就變成一維的弦了。」

「所以呢？」

「所以只要你變得夠小，就不會被細胞抓到。」

「要多小？」

教授偏頭沉吟了一下：「只要小於10^{-13}公分，大概就不會被粒子加速器追蹤到軌跡……不過，要是碰到超導對撞機還是會有麻煩……算了，我想你只要比電子小一點，就可以躲過那些細胞了。」

靠～這不是廢話嗎！我真的服了這些搞理論的。難道有人會對你說：「親愛的，我把你變成電子了！」

什麼跟什麼嘛。

SOS穿回丁字褲，繼續用她純真的眼睛盯著我，眼珠子骨溜溜地轉，一副好想知道我的GG到底是一維還是三維的表情。我也好想告訴她，如果從火星上看，我的GG一定小得像一根弦，一根會振動的弦，遠看像一維的，其實是四維八德統統有的咧。

教授說得興起，開始口沫橫飛起來。只要一興奮，他右手的

中指就會不自主地抖動。他從廣義相對論和量子論的衝突，說到重力和無限大的困惑，「無法重正規化的無限，nonrenormalizable infinities，」他說，聽起來好像最時髦的繞口令。等到他談到粒子的手徵、左旋、右旋、奇數維和偶數維孰是孰非時，我的頭也開始左旋右旋起來了。此刻的我只有一個問題，我只想衝到SOS面前，求求她幫我解決很硬很硬的問題。

但是我沒有勇氣。

在虛擬的世界裡，我是個懦弱膽小又無聊的無產階級。

我是廢物。

於是我站起來，喝下最後一口Karmeliet，埋單。

離去時，背後，JTB正好換了一首曲子，〈愛進酒吧就別怕醉〉。

一首輕快中夾雜著感傷的男低音。

三、到指甲彩繪店找美眉

從阿魯吧出來左轉，穿過兩條街，右轉直走，就可抵達巴比倫大道。林蔭大道夾著運河往前行，來到跟巴別塔大道相交的圓環，就是整個巴比倫城的中心。光是環繞這個圓環的內環大道就有將近十二公里。不用說，圓環中央矗立著高聳入雲的巴別塔。沒人到過塔的頂端，但據說，那裡儲放著世界最先進的雲端處理器，是整個虛擬城市的入口和出口。我們所有人都是從那裡進出的。圓環

東南角有一條哲學家小徑，走到底，右邊就是早期的市立圖書館。當然現在裡面已經沒有半本書了，因為所有知識在網路上都可以找得到。圖書館對面是市立的三溫暖，裡面有千姿百態的公娼。兩座建築間有地道相通，據說當初這樣設計的目的，是讓你可以跟老婆說：「你先到市場逛逛，我到圖書館看一下報紙。」

我穿過市場，照JTB的指示，拐進迷宮般的巷弄裡，繞了兩三圈，才找到纖纖指甲彩繪沙龍（Xian Xian eXotica，XXX）。說是修指甲，其實是做黑的。門口扛棒上標榜著，她們用的是有機顏料，指甲上的花草會隨著你的服飾或心情而變化。也就是說，如果你穿迷你裙，指甲上絕不會出現貴氣逼人的牡丹；當你喜形於色時，指甲上也不會冒出淚的小花。

從外面望進去，只見三三兩兩的女人倚著櫥窗坐在高腳椅上，正忙著在指尖塗塗抹抹。最妙的是，室內光線非常明亮，但你只能看到她們的手和腳，其餘都被馬賽克了。

我一進門，三七仔（Son of 3-Seven, S3S）立刻趨前哈腰遞菸，「先生，做指甲嗎？做一手，還是做兩手？」

做你媽的頭啦做，他的意思是做半套還是全套？

我環顧四周，立刻就明白了。不管偽裝成顧客或指甲西施，其實她們都是一夥的。這樣就算AVP整天在門口站崗，也抓不到半根鳥毛。

在虛擬的城市裡，你永遠看不到對方的真面目；所以你可能看到很有個性的男孩，卻很難找到醜陋的女人。這種情形，其實早就被新達爾文主義的學者預料到了。偏偏我注意到角落裡，坐著一個左頰有刀疤的女人。

我向三七仔呶呶嘴，他立刻說：「厚～你巷仔內耶喔。這個今天才來的，兼耶啦。一定乎你滿意耶。」

她帶我走向包廂時，我才注意到，她叫忘了我（Remember Me Not, RMN）。什麼樣的女人，會讓自己帶著刀疤進入巴比倫呢？

「你想怎麼做？」忘了我在黑暗中打破沉默。

「我有一個很硬很硬的問題。」

「硬問題一定要用軟方法解決。」

漂亮。我最喜歡這種無聊的對話了。聽起來就像熱插拔可以冷處理，熱膨脹就要軟著陸，硬問題一定有軟道理。

「你有兩個小時，」她按下床頭的計時器：「你想從什麼地方開始？」

「就從泰利斯吧。」所有問題都是從泰利斯開始的，不是嗎？

「可是從泰利斯一定會談到柏拉圖和亞里士多德。」

「那又怎樣？」

她扭開小燈，翻了一下價目表。

「談柏拉圖的話要加五十巴布；亞里士多德貴一點，一百二。不過兩個人加起來可以打八折。」

巴布（Babylonia Boo, BB）就是巴比倫的通貨，不然你以為是什麼？雖然聽起來有點像冰淇淋的叫賣聲。

「那最貴的是誰？」看ㄅ～，來這套。她們總是先誘你進門，再慢慢地坑殺。

「最貴的當然是老子。」

「那孔子呢？」

「抱歉，我們這裡不賣倫理學。」

「為什麼？」

「倫理學，說穿了，只是達爾文主義下的生存策略。」

MaDe，太正點了。我豁出去了，抓起電話，對著三七仔大吼：「給我拿兩手啤酒來。」

坦白講，她盤腿而坐的姿勢滿誘人的。我要她把小燈關掉。如果哲學是在黑暗的密室中尋找一隻不存在的黑貓，真希望她就是那隻貓。

「還是你對數學比較有興趣？如果你想談費馬定理，我可以幫你換個人來。」忘了我甩了一下長髮，語帶曖昧笑著說：「或者，你想玩雙飛？」

空氣中都是髮香。我猜是VOS（Vanity Odor Seduction）最新的互動洗髮精，氣味會隨著你體內的荷爾蒙變得性感起來。

我們從泰利斯的宇宙論說起，不久我就發現，她對蘇格拉底的「定義」了解得滿透徹的。等我們幹掉一手啤酒時，才聊到柏拉圖的「理型」而已。

「等等，你知道柏拉圖的靈肉二元論是怎麼來的嗎？」

「一般人都以為跟畢達哥拉斯有關，不過我認為奧菲爾教派的影響更大。」

天啊，我感動得快哭出來了。現在要去哪裡才可以找得到跟你談奧菲爾教派的女人？

忘了我大概有點不勝酒力，在我腳邊躺了下來。黑暗中，只聽到我倆沉重的呼吸聲。我知道時間快到了，我必須加快速度，省掉冗長的前戲，直接跳過亞里士多德、奧古斯丁、康德那些狗

屁。

「老實講，你讀過薛丁格的東西嗎？」

果然，她發出了輕微的呻吟：「你是指他的波函數？」

「不，我是指他想為心靈尋找物質的基礎所做的努力。」

她的呼吸愈來愈急促：「他說……基因……是非周期性的晶體。」

「他還用物理學證明了時間不能摧毀心靈。」

突然，她用義大利美聲唱法發出了高音C。

她達到了數位式的、階梯式的、斷斷續續的高潮。

她的指甲掐進了我的手心。

我彷彿看到她的指尖閃閃發光。

四、左腦跟右腦又吵架了

我顛顛倒倒回到巴比倫大道時，已經快天亮了。沿路的電火條還不時提醒我：「喂，別這樣晃來晃去啦。」「啊～求求你，別在我身上尿尿好不好？」尿尿時我還想到頭殼空空，天可憐見，還好我的尿道裡沒有味覺細胞。

我手上拎著一瓶沒喝完的啤酒，癱在運河旁的休憩椅上，四肢發軟，頭疼欲裂。看ㄌ～，都是TaMaDe酒精害的。我閉上眼，想好好休息一下，我的左腦卻跟右腦吵起來了。

我的左腦	我的右腦
你看吧，都是你幹的好事。不是早跟你講，只要喝兩瓶就沒事了嗎？	早知道，早知道，要是能早知道，世界就不會這樣了。
你不覺得可恥嗎？你竟然花了快兩百巴布，跟一位指甲西施神交。	還不都是你，一直巴著人家談柏拉圖。最後爽到的還不是你。
不談柏拉圖，難道你要我跟她談維多利亞的祕密？你這個色鬼。	哼，走著瞧，下次我一定要跟她好好聊聊維也納行動派。
下次？還有下次？難道你不知道，找一次的叫妓女，找兩次的叫愛人，找三次的叫老婆，找四次以上的都可以叫老媽了。	愛上她的恐怕是你吧。讓我念念不忘的，是SOS會微笑的陰唇。
你滿腦子都是精蟲是不是？至少RMN的胸部沒有SOS那麼恐怖。	你看吧，我就說你愛上她了吧。你這個連乳房都不敢說出口的孬蛋。
SOS的胸部，好像隨時在提醒你女人是哺乳類。	那照你這麼說，男人都是哺鳥類囉。
噓，別吵醒小GG，你沒看他已經軟趴趴了。	哈，今晚最鬱卒的就是他了。你要不要叫右手去安慰他一下？
算了吧，難道你不知道，喝醉酒打手槍會被吊銷執照，而且射出的精液會讓螞蟻昏迷三天三夜。	要不是你一直壓抑，我昨晚早把SOS給尬了。

31

要不是你，我也不會變成無神論者。	無神論也是一種信仰。
信仰？我看你只信仰喝酒跟做愛。	說正經的，你看SOS像不像PKN那個老色鬼的打砲機器？
應該是第二代的改良品吧。	對喔，上次那個弄得好痛。
SOS眼神比較迷離，看起來比較嫵媚。	奶子彈性也比較好。
說真的，文明發展到這個地步，是不是已經到盡頭了？	不會吧，我相信PKN一定還會推出下一代的口交娃。
歐幾里德曾經證明過，質數是綿延不絕的。	那也不代表文明就沒有盡頭。

　　我受夠了，這兩個嘮嘮叨叨的傢伙，沒完沒了，永遠沒完沒了。我恨不得把頭扭下來，丟到運河裡去。

　　也許OOH是對的，喝數位的酒比較不會宿醉，而且大頭跟身體本來就應該採用分離式設計。

　　我狠下心來，把剩下的餿啤酒全灌下肚。

　　我想吐。

　　但是吐不出來。

　　我絕望地癱在椅子上。

32

天就要亮了。

五、電腦也會寫情歌

晚上八點不到，我已出現在阿魯吧門口。

OOH比我還早。我懷疑他從昨晚一直坐到現在。不同的是，今晚他手上多了一根雪茄。

他把頭放在大腿上吞雲吐霧，眼瞇瞇的，一副好整以暇的樣子。

JTB遞上一瓶Grimbergen Double，好像用來醒酒還不錯。

「先拿兩千巴布來擋一下吧。」我開口就跟他借錢。

他皺了一下眉：「怎麼，懷孕了？」

「懷你媽的兒子啦。」

他遞給我一疊嶄新的巴布。室內正播放著〈愛我就別告訴他〉，滿悲傷的。

愛我就別告訴他，告訴他我好想他
雖然喝完這杯酒，我就要離開
但是請你，請你一定不要告訴他
其實我最愛最愛的是他

歌詞真是俗濫得可以，一聽就知道是電腦寫的。我敢跟你打賭，電腦一定也不知道自己在寫什麼。但是流行歌就是這麼奇怪，

只要調子和旋律給對了，再爛的歌詞也可以活起來。

八點一刻，果然，忘了我依約出現在門口。

她把長髮裹在風衣豎領內，刻意遮住了左頰的刀疤；馬靴讓她顯得更修長，走起路來有風。她就這麼一路走到我面前，好像一陣風掃過，OOH睜大了眼，JTB更誇張，口水都快流到吧枱上了。

「嗨。」當她看到OOH時，眼裡閃過一絲驚惶，大概被他的頭嚇了一跳，隨即用招呼來轉移焦點。

「嗨。」我幫她點了一瓶瘋狂潑婦，Dulle Teve，Mad Bitch。我知道她不可能喝水果味那種娘娘腔的，這麼硬的女人。

「為什麼約我來這裡？」

「因為我每晚都在這裡。」我聞了一下杯口：「你知道Alu Bar的Alu是什麼意思嗎？」

她搖搖頭。

我跟她說，史上最早的alu出現在北歐古碑文寫的魔咒裡。那很可能就是現在英文裡麥芽啤酒ale的字根，到現在芬蘭啤酒還叫做olut。住在芬蘭拉普蘭的聖誕老人，最愛喝的啤酒就叫Jouluolut。

「你花了兩千巴布買全場，」她偏著頭，有點疑惑，「就為了約我來阿魯吧？」

「喝酒有什麼不好？」我喝下一口Grimbergen，挺清爽的，「反正不過是虛擬人生嘛。」

「你很悲觀？」

「要在一個反智的社會裡堅持理性，能樂觀起來嗎？」

「厚～來約會的喔。」瘋狂潑婦的杯子突然插嘴道。

「少囉嗦。」我用指尖狠狠彈了一下杯口，鏘～，布拉格的水

晶聲。

「唉喲喂啊～好痛！」瘋狂潑婦尖叫。

忘了我笑了開來，像一陣清風吹過，花朵就綻開來那樣。

在虛擬的世界裡，我還沒見過這樣的笑容。

也許我的右腦真的說對了。

「今晚想聊點什麼？」她喝下一大口瘋狂潑婦。

「維也納行動派。」我的右腦脫口而出。

「那要從戴奧尼索斯說起。」

慢著，她可是我至今唯一見過，聽到維也納行動派不會立刻說噁心的女人。

「從戴奧尼索斯就不得不談到尼采。但是他們兩個加起來可以打八折嗎？」我故意問。

她瞪了我一眼。

JTB很識相，聽到我們要聊維也納行動派，立刻換了一首荀白格的〈月光小丑〉當背景音樂。

「先說尼曲吧。他把羊開膛剖肚，再強姦羊屍。」

「他還把羊血塗在畫布上，再把羊的內臟塗在自己的GG上。」猩紅的羊血，乳白的精液，他應該叫羊男才對。也許他知道，中文的羊尾跟陽痿是同音字。

「我覺得許瓦茲柯格勒才是狠角色。他把自己的蛋蛋割掉了。」

「他跳樓自殺跟沒蛋蛋有關係嗎？」

「這樣蛋蛋就不會摔得漿漿迸裂。」

「他們的音樂又吵又恐怖，可是配上他們的動作，為什麼那麼好笑？」

「這就是宣洩情緒的移情作用。」

「他們說羊象徵戴奧尼索斯或伊底帕斯。你認為呢？」

「全是狗屁。他們根本拒絕被定義。」

「唉，或許他們根本拒絕任何意義。」

我嘆了一口氣。算了，不說了。我知道再談下去，只會讓自己陽痿。到時候，我就只好把自己的內臟塗在羊的GG上。

「我們出去走走。」

「OK。」她調皮地彈了兩下杯口，鏘鏘～～。

「MaDe，哪個夭壽的？」瘋狂潑婦破口大罵：「痛死我了。」

OOH才剛抽完他的Partagas D4，一雙眼睛直直瞪著我倆離去。

六、在空中花園裡散步

巴比倫所有的官方設施，都在巴別塔圓環內。舉世聞名的空中花園，就落在這些建築的頂端，連成一氣。從空中鳥瞰，花園像一幅攤開的世界地圖；裡面的花草、樹木、假山、河流、湖泊，都依全球的地形施設。就連花開花謝、草長木凋，也依春夏秋冬與時遞嬗。唯一跟真實世界不同的是，你不必買票，隨時都能進入。

我們從地中海區的入口拾級而上，漫步到坎城海灘。從這裡往下看，可以收覽巴比倫五又二分之一的夜景。不知道為什麼，任何城市的文明發展到某個階段，總會用人工做出一個制高點來。時近

午夜，舉城依然燈火通明；但是從這個距離看，遠方的巴比倫好像變成了二維的城市，有點不真實起來。

我們默默看了好一會夜景。我抽完了兩根菸，直到快被沉默包圍到喘不過氣時，她才打破沉默。

「你喜歡我？」

「對。」

「可是你還不了解我。」

「對。」

「你想上我？」

「對啊，你怎麼知道？」我沒碰過這樣問的女人，但我說出了天下男人都會如此回答的話。

「你還沒問我臉上的刀疤怎麼來的。」

「那重要嗎？」

她的眼神轉向巴別塔的頂端，凝神了好久好久，最後才轉頭盯住我的眼睛，好像這樣就可以看穿我似的。

「我可以信任你嗎？」

「可以。」

「你會相信我講的話？」

「會。」我大概是被精蟲沖昏頭了。她現在不管問什麼，我都回答對或會。

「其實我不是RMN，」她一個字一個字說：「我本名叫記得我，ROM， Remember Only Me。我不是用實體虛擬進來的，我是一個記憶體。」

這麼說，我是愛上一個記憶體囉。

「我們是巴比倫第一批的實驗公民，」她苦笑：「現在大概只剩下我這一隻白老鼠了。」

她說那時候，就是人腦的記憶剛開始可以下載到記憶體的時候，大概有幾千個記憶體被挑選進來，好實驗虛擬城市的生存規則。天災和瘟疫使人們不敢出門，更加速了虛擬城市的需求。但倉促實驗的結果很慘，有一半的人在當中互相傷害；當局為了封鎖消息，決定召回所有的記憶體銷毀。她們幾個早有預感情勢不妙，於是設計了一套木馬程式逃出去。

「那你又回來幹嘛？」

「因為我只能活在虛擬的世界裡。」

「為什麼？」

「實體的我，可能早就不存在了。」

「什麼意思？」

「我最後的記憶，是一場車禍。」

「你是說，他們搶在你生前，把你的記憶蕩落下來？」

「我想是。」

換句話說，我是愛上一個死者的記憶囉。

我瞪著她好一陣子，MaDe，她還真討人喜歡。看久了，連臉上那道小刀疤，都覺得好性感。

「你，就是前晚幹掉三個細胞那個……？」

「沒錯。」

在這個虛擬的城市裡，我們說幹掉，意思是把他給delete了。我們不說死亡，因為根本沒有死亡這回事。我們有虛擬的遊樂場、虛擬的酒店、虛擬的賭場，當然，也少不了虛擬的性愛。我們盡情享

受虛擬的人生；但是，就是無法虛擬出死亡。因為，還沒有人能從那裡回來告訴我們，死亡究竟是什麼滋味。

「他們還在找你。」

「嗯。」

「你怎麼被發現的？」

「前晚在市場出事的。」她黯然苦笑：「我知道，不可能永遠躲過他們搜捕的。」

看ㄅ～，這下代誌大條囉。我深深吸了一口氣，空氣中有海水的味道，鹹鹹的。我伸出左手，一把將她攬了過來。這一定又是我右腦幹的好事。

就在這時，我聽到腦後傳來一聲喝斥：「不准動！」好熟悉的聲音，是OOH？我回過頭去，只見眼前的三株仙人掌，正幻化成三個風衣客。帶頭的那個沒有頭，除了OOH還會是哪隻鬼。

記得我動作比我還快，早已衝上前去，順手從馬靴裡抽出一把不知是啥名堂，唰唰兩聲，就delete掉兩人。我一腳踹向OOH的GG，他彎下腰來，卻連哼都不哼一聲，八成是神經沒跟頭腦連好線。記得我回手一下，也把他的身體解決了。

「頭呢？」她皺著眉頭四處搜尋。

我被眼前這一幕震懾住了。

等稍稍回過神來，我才想到：**我愛上的是，一個TaMaDe～死去的～女殺手的～記憶體。**

七、ＧＧ與ＢＢ的陰謀

我們一路落跑到附近的美人灘大酒店（Beauty & Beach，B&B），扛棒上的霓虹燈閃爍著：「休息250 BB 住宿599起」我用跟JTB借來的巴布，要了一個超大的地中海景觀豪華套房。櫃台的阿伯還曖昧地說：「有按摩浴缸和全電動的情趣椅喔。」

我關上門，虛擬的落地窗外是一大片虛擬的摩納哥夜景，比剛才從空中花園看到的還動人。我把自己的身體丟到沙發裡，軟綿綿的，舒服死了。我把頭埋進抱枕裡，一股淡淡的七里香鑽入鼻孔，害我差點忘了還在逃亡中。我抬起頭，只見記得我滿臉歉意坐在對頭。

我忽然大笑起來，大概是感覺到命運的嘲弄吧。我拉開冰箱開了兩瓶啤酒，要她也坐到軟軟的沙發裡。逃亡的唯一壞處，就是不能隨時喝到比利時啤酒。

「你，還不想……離開……這世界？」我生怕說錯了話。

「嗯。」

「為什麼？」

「因為我還能思考。」

靠～，難怪她當初聽到薛丁格說時間不能摧毀心靈時，會那麼激動了。也許我們該再建個「虛擬的虛擬城市」，讓這些實體已過世，但還能思考的記憶體有「生存」的空間。

「這麼說來，你是個心物二元論者囉？」

「怎麼說？」

「笛卡兒說我思故我在啊。」

　　她偏頭想了一下：「不對，我的問題比較複雜。我是因為『想』思考，才在找我的『存在』空間。」

　　真糟糕，每次一聊到哲學命題，我就會不由自主興奮起來。我們一路由笛卡兒談到胡塞爾對身體與想像的看法，但最後還是不可避免談到人本原理。

　　「宇宙會這個樣子，是因為我們人就是這個樣子啊。」

　　「那還不等於說，我們會這個樣子，因為世界就是這個樣子。」

　　「這樣就沒有因果律，也沒有時間這個維度了。」

　　「所以說，極端的人本原理，根本就是狗屁。」

　　「但粗淺的人本原理，又好像有那麼一點道理。」

　　「怎麼說？」

　　「比如說，因為有造氧的植物，自然就會有吸氧的動物。」

　　「那怎麼會有人，來殺死植物和動物？」

　　「人可以消耗大量的熵。」

　　「只有人會站在這個宇宙中思考宇宙和人的問題。」

　　「如果能站在宇宙外頭思考，也許就可以避掉人本原理的干擾。」

　　「不管怎麼樣，人本原理還是太消極了，你從那裡面得不到什麼新東西的。」

　　說到這裡，我的手已經積極把她的衣服脫光了。我興奮到了極點，我真的需要解決那個很硬很硬的問題。我按下扶手上的開關，軟軟的沙發果然像櫃台阿伯說的，立即變身組合成全電動的情趣椅。我啟動身上的虛擬性愛驅動程式，正準備進入她的身體時，我GG裡的感應晶片卻又跟對方竊竊私語起來。

別管我的GG	記得我的BB
嗨，很高興認識你。	別高興得太早。你應該先檢查一下我們的程式相不相容。
你碰過不相容的問題嗎？	對啊，痛死我了。
那怎麼辦？	那只好加掛轉換程式囉。
加掛轉換程式？聽起來好像穿襪子洗腳。	對啊，就算最快的轉換程式也有七個nanoseconds的秒差。
你感覺得到那麼微小的時間差？	有時候，差了那麼幾個picoseconds的timing，即使高潮也不帶勁。
高潮有那麼重要嗎？沒有高潮還不是一樣可以生育。	高潮雖然是進化的副產品，卻是最美麗的錯誤。
所以雄性一定會射精，雌性不一定會高潮？	搞清楚，射精是進化的必然，高潮是進化的偶然。
他們說掐住脖子比較容易達到高潮，真的嗎？	算了，高潮遠比你這簡單的GG所能想像的複雜多了。
我也是身不由己啊，我上頭還有一個老大在控管哪。	我們可以暫時不理他。你要不要故意軟掉給他看？

我真的受夠了。

一根被BB煽動、想背叛我、故意給我難堪的小GG？

我好想把我的GG塗在羊的內臟上。

我不曉得他是不是讀了太多女性主義，竟然變成了高潮的狂熱分子。也許是我太久沒去update晶片裡的感應程式，害他變得有點不合時宜。有時候，我覺得這些做軟體的，跟做色情的沒什麼兩樣：他們總是先誘你上鉤，再慢慢坑殺，三不五時要你去update一些你永遠也搞不懂的東西。自從超感晶片公司（Superchips of Extreme eXperience, SEX）推出新版的晶片後，我的GG就一直有點鬱鬱寡歡。我拿他一點辦法也沒有。

我尷尬地望著記得我。她還是那對純真的眼神，好像很能諒解似的。

「我們還是先來討論逃亡的路線吧。」她說。

八、利用混沌理論逃亡

「你說，你曾經用木馬程式逃出巴比倫？」

「嗯。不過我想AVP最新的病毒定義檔，應該早就把那隻木馬鎖死了。」

「如果要再做另一隻木馬，最少也要好幾個月。」現在所有的程式檔都太大了，我想，「而且，還不能保證逃得出去。」

就算現在向諾諾教授求救，他也不可能馬上把我們變成電子那

麼小。我站在落地窗前，點了一根菸，望著摩納哥的海灘發呆。她走到我身旁，輕輕勾著我的手，我們又跌入無盡的沉默裡。

「曼德布洛特！」不知道過了多久，我忽然脫口叫道。

記得我茫然看著我。

「曼德布洛特集合，」我興奮到一口乾掉眼前的啤酒，MaDe，這下給我逮到了。這下，恐怕連諾諾都不得不佩服我的詭計：「我們可以用曼德布洛特集合來設計逃亡路線。」

記得我還是茫然看著我。褪去了知性，這時候的她真是可愛到不行。

「你知道怎麼精確測量海岸線的長度嗎？」我指著窗外那一大片海灘：「沒辦法，對不對？」

「因為海岸線是碎形圖案。」她又恢復了慧黠的神情。她真是可愛又聰明到不行，一點就知道我在講混沌理論。

「處理碎形，不能用線性方程式。」我拉著她到桌前的電腦：「但曼德布洛特用複數和簡單的C語言，就能創造出無止境的碎形。」

她看著顯示幕上的圖形，由一而二，一直繁衍下去，像樹幹的枝椏愈來愈複雜，不由得目瞪口呆。就這麼簡單，才幾行程式而已。

我叫出巴比倫的地圖，把曼德布洛特集合覆蓋到上頭，再將圖形演化的起點，定在美人灘的位置，voilà，「這就是我們的路線。」我指著兩條由原點分叉出來的主幹，「我們可以在任意的分叉點留下誘餌，讓AVP走入歧路迷宮。」

「你是說，我們要分頭走？」

「嗯。」我點點頭。忘了在哪裡看到的：**分散，是逃亡的第一守則。**

「照這樣走，我們不就永遠不會再碰頭了？」她指甲上的花朵好像快枯萎了。

嘿嘿，我聽得出來這小鬼捨不得的口氣。於是我做了一面鏡像的曼德布洛特圖形，接在剛剛的路線圖後面，voilà，迷宮般的枝椏又匯聚到遠方的一點。

「這就是我們會面的地點。」我說：「要是出了什麼差錯，你還可以到阿魯吧找我。」**逃亡的第二守則是，隨時可以從口袋掏出B計畫。**

「要是……我……就這麼不見了呢？」我聽得出她語氣裡的擔心和遲疑。

「那……」我頓了頓：「每年的這一天，我都會到這裡等你。」

她撲到我懷裡。

MaDe，雖然講這句話，讓我感覺自己好像七夕裡的牛郎，不過效果好像滿爽的。幸好我憂鬱的GG，沒在這麼動人的時候出來攪局。

「但是在離開前，我要先把你的記憶下載到安全一點的地方。」

逃亡的第三守則是：出發前，別忘了備份買保險。

我打了個電話給JTB，要他把硬碟準備好，然後把ROM遇見我之前的記憶傳送過去。至於她遇見我之後的記憶，我把它們全蕩落到我GG晶片僅存的空間裡。

分散，永遠是逃亡的第一守則。

現在，一切都準備好了。「走吧。」我喝下最後一口啤酒，跟她點點頭。

「好。」

我拉開門，迎接我們的是，看ㄅ～，兩副電子手銬。

帶頭的仍然是OOH。這次，他把頭好端端嵌在脖子上，只不過換了一副身軀。

「你怎麼找到的？」我問。

「你忘了你借來的巴布是嶄新連號的。」

對了，**逃亡的最終守則是：你隨時要有被逮到的心理準備。**

九、在數位的天堂會長出真實的玫瑰嗎？

我在虛擬監獄巴比龍（Prison of Papillion, POP）待了一年，罪名是協助逃亡；外加踹了OOH的GG那一腳，又多待了二十天，罪名是侮辱執法人員。

早知道，就多踹他兩腳。

這世界上要是有什麼我最不想回頭的地方，大概就是巴比龍了。說真的，巴比倫唯一最不擬真的就是巴比龍；虛擬監獄竟然比真實的監獄還恐怖，因為裡面全是獨居房。當初打造這座監獄的，要不是個沒被關過的白痴，要不就是太洞悉人性了。他知道人性裡最可怕的是無聊。所有在一般監獄裡的地下活動，像是買賣走

私菸、打打屁之類的小花招，在這裡全派不上用場。我在裡面什麼都不能做，像一隻二十四小時被放大鏡觀察的白老鼠。發呆了三百八十五天，唯一的好處是，讓我對康德的實踐理性批判和傅柯的監獄理論有了更深一層的領悟。

我出獄那一天，管理員看到我嚇了一跳。

「你還沒瘋掉！」他叫道。

只有我知道，唯一讓我沒瘋掉的意志，是那張左頰有道小刀疤的臉龐。

那天晚上，我一直待在巴比倫大道的運河旁，呼吸自由的空氣。我不想太早去阿魯吧，省得人家在背後指指點點：「厚，就是他啊。」「他就是那個愛上記憶體的逃犯喔！」

直到凌晨兩點多，我才打了個電話給JTB，要他準備一下。

果然，我進去時，她已經坐在吧枱的角落裡了。

她沒變，跟被捕前沒什麼兩樣，依然是風衣馬靴，長髮裹在衣領內，酷酷的，只是眼神有點茫然。在虛擬的世界裡，有時候，時間好像並不是可以改變所有東西。但是沒有時間這個維度來維繫因果律，好像又不行。也許，不斷複製並擴充記憶，是通往永恆的唯一道路。

「嗨。」我跟她揮揮手。

「我認識你嗎？」她指指JTB：「他說你約我來這裡？」

「現在你還不認識我，但是你以前認識我，等一下你就知道了。」這是什麼跟什麼嘛，我囁囁嚅嚅不敢說出口：「我知道……我知道你是個記憶體。」

我只是生怕話一出口，她嘲一下就把我給delete掉了。

好家在，沒有。

「你怎麼知道？」她偏著頭，眼神充滿了迷惑，可愛死了。我瞥見她的指尖浮現出好多小問號，是雛菊吧。

「因為我身上還有你最後的部分記憶。」

我幫她倒了一杯金黃的PDP，一瓶很像香檳的比利時啤酒。看著纖細的泡泡一直往上竄，顆顆珠圓玉潤，好像在尋找出口似的，不禁有點莫名其妙感傷起來。MaDe，真服了比利時那些老和尚搞的老把戲。

我給自己倒了一杯烏黑到發亮的Rochefort 10，一瓶很像波爾多的比利時啤酒。濃郁的香氣如內斂的玫瑰緩緩綻放，厚實的酒體在慢慢的咀嚼中釋放出陳年雪利的甜汁。我知道，這都是在瓶中發酵的酵母搞的鬼。啤酒可以做到這麼沉重的口感和這麼豐富的層次，大概很難再超越了吧。除非你能培養出不會被自己分解出的醣膩死的酵母菌。

我望著眼前的兩杯酒發呆了好久。一杯很輕，一杯好重。我是不是該交出屬於我倆的那份回憶？擺在眼前的誘惑是：如果把去年那一段delete掉，我倆應該會創造出截然不同的記憶；或者，依照極端的人本原理，我們的關係早就被決定了，我們只是注定要在記憶的漩渦裡打轉而已。

我先聞了一下PDP的杯口，一縷性感的清香幽幽鑽入鼻孔，好誘人。然後我一大口喝下Rochefort。我決定了。管他的，反正我的未來，不是我的右腦或左腦就可以決定的，不是嗎？

「等一下我帶你去一個地方，你就會明白了。」我說。

「好。」她彈了兩下PDP杯口，鏘鏘～～。

　　我們離去時，JTB正在播放〈在數位的天堂尋找真實的玫瑰〉。

　　一首嘲諷中帶著感傷的爵士，聽起來有點像〈生化人會夢到電子羊嗎？〉。

　　外面的風開始轉涼了。她拉緊了風衣，很自然地勾住我的手，輕輕的。去年那種感覺又回來了，淡淡的。

　　但是在前往B＆B的路上，我忽然想到一件事。

　　MaDe，我竟然忘了先去update我身上那張憂鬱的晶片。

第二章／**我愛傅立葉**

一、你喝過鬼釀的啤酒嗎？

他看起來好疲憊。

不是通宵熬夜後那種無力，也不是腦汁耗盡後那種虛脫，而是靈魂不在身體裡那種空空的感覺。

JTB說，自從老婆跟人跑了以後，他一直就醬。

應該是現實世界裡的老婆吧，我想。

他叫狄克吹吸（Detective Dick Tracy, DDT）。很少人看到他笑，即使有，也只是嘴角一抹淺淺的苦笑。他總是一個人，靜靜坐在吧枱一角，靜靜喝他的La Gourmande。比利時一家叫Fantôme小酒廠釀的啤酒，酒標上是幢陰森森的中世紀鬼屋，畫得模模糊糊的。據說屋裡的鬼魂，每年都會依季節的特性，送出不同的啤酒配方。

「你又在喝那種什麼鬼啤酒啊？」我晃過去跟他搭訕。

「鬼才喝這種啤酒呀。」他杯子裡的晶片搶著回道。

原諒它吧，我猜它自己也不清楚自己在說什麼。等到下個世紀，晶片變得比較聰明後，也許我們會懷念起這些無聊的對話。

「去年秋天的配方？」我瞄了一眼酒瓶：「味道怎樣？」

「去年，大豐收哦。」他笑了，淺淺的、苦苦的笑：「你以為鬼釀的啤酒就會有地獄的味道嗎？」

他倒了一口給我。金黃色的汁液，酒精度才七趴；比較起來，有些修道院釀的黑啤酒，口味更重，更像是地獄來的。

「如果這真的是鬼的配方，那這隻鬼應該滿開朗的。」

「你以為悲傷的鬼就會做出憂鬱的酒嗎？」

我再聞了一下杯緣，有一縷淡淡的，卻很複雜的清香，徘徊在

杯口。

「如果連鬼的世界都還要虛擬人的世界,那做鬼又有什麼意思?」

「可見我們對鬼的誤會太深了。」他點點頭:「我們口中的鬼,其實都是虛擬的人。」

「應該說,其實所有的藝術,不管是文學、舞蹈、音樂還是電影,不管是寫實還是抽象,都是在虛擬人生。只不過類比時代的人叫模擬,數位時代的人叫虛擬罷了。」

「照你這麼說,虛擬實境的技術發展到這個地步,讓我們都活在藝術中了?」

「不,照藝術最原始的定義,我們本身就是藝術。所有藝術都是人為的,而我們都是人為的虛擬人,Cybermanity,不是嗎?」

MaDe,我又說到哪裡去了。狄克吹吸彷彿若有所思,對著杯裡的氣泡發呆。

我叫了一瓶Blanche de Chambly,仿比利時風味的加拿大小麥啤酒;用來解渴,實在超優的。清爽的檸檬和橙香比Hoegaarden還多了點,就是少了Hoegaarden那蜂蜜般的底韻。

「那你心目中,真正的鬼是什麼樣子?」

我想到去年PKN說過的超弦理論:「如果真的有鬼,應該不會在這個四維時空吧。」

「不然呢?」

「如果人是二維的,就沒法吃下三維的披薩。」

「從來沒看過鬼吃三維的食物。」

「所以囉,鬼不是小於三維的,就是大於四維的。」我不禁為

自己亂七八糟的反證得意洋洋起來。「而我們之所以看不到鬼，根據H‧G‧威爾斯的隱形人理論，那是因為他們存在於五維以上的空間裡。」

「他們好像可以自由地來來去去，也沒有時間這個維度的問題。」

「可見他們一定是藏在超弦世界的某個角落裡。」我說：「不過，我猜他們酒量一定不太好。」

「怎麼說？」

「你看你喝的，酒精度才七趴而已。」

「你意思是說，在超弦的世界裡，會有二維的酒，或是五六維的酒？」

大概是吧。至少我聽得出來，狄克吹吸的邏輯推理還滿嚴密的。我應該可以把ROM的問題交給他處理。

「那你認為鬼會不會做愛？」狄克吹吸沉吟半晌，竟然問了一個很狄克的鳥問題。

「一個二維的BB，可沒法接受三維的GG。」

「所以鬼不會跟人做？」

「對啊！可見叫人家去給鬼幹，超沒營養的。」

「那鬼會不會去幹鬼？」

「那不就變成鬼打架了嗎？」

「這麼說來，鬼並不會繁衍後代囉？」他好像還不死心。

「鬼如果能自體繁殖，還需要人去變成鬼嗎？」

「對厚，我怎麼沒想到？」他敲敲自己的腦袋：「那鬼應該就不會有同性戀、亂倫或通姦的誘惑了。」

「那誰還要當鬼啊？」

MaDe，酒喝多了就有這種壞處，談事情常常忘了先定義。不過，話說回來，這不也是我愛喝酒的原因之一嗎？

二、怎麼看就是不對勁

「JTB說你以前開過徵信社？」

「是啊，開到老婆跟人跑了。」他好像已經習慣命運對他開的玩笑。臉上一點表情也沒有。

「我想要你幫我調查一個人，不，一個鬼。」

「怎麼說？」

「一個已經死掉的，但還躲在巴比倫的記憶體。」

這句話，果然喚醒了他心中那隻好奇的小貓。我們互相交換了加鎖加密的記憶信任憑證，保證不會把資料洩露出去後，我把ROM生前最後的記憶播放給他看。

阿魯吧裡人漸漸多起來。JTB放了首比較輕鬆的香頌〈我在巴塞隆納喝下午茶〉。鄰近吧柏的小桌，有對情侶正抱在一起摳摳摸摸。不遠處，有人正高談闊論今天的股價指數。我始終搞不懂，這些在現實界可以輕鬆實現的瑣事，為什麼還要搬到虛擬世界來上演？是為了讓巴比倫更加真實嗎？他們到底是自己來亂的？還是官方指派的背景？

「不對，不對，」狄克吹吸喃喃自語，要我把ROM的記憶再放

一遍，有些片段還特別要求格放。

「還是不對勁。」他指著停格畫面中的車子說：「就假定這是一場車禍好了，你看到沒，出事前一秒，她對面來的車子正急著左轉。」

「你怎麼知道？」

「你看它右腳的輪胎已經跪下去了，左腳也快舉起來了，表示車子正受到強大的離心力。」

離心力我懂，就是物體在做圓周運動時，沿著切線飛出去的那種力。我上一次坐雲霄飛車時，GG也曾差點沿著軌道切線飛出去。據說那一段軌道的設計靈感，來自著名的華德利連續三螺旋轉，側向加速力高達兩個G呢！

「但是，」他讓畫面前進幾格，「你看她的手，卻還把方向盤往右打，好像是故意迎合對方撞上去的樣子。」

「嗯，這不符合動物求生本能的反射動作。」

「就算是受到酒精或藥物的影響，也應該是蛇行才對。」他讓畫面恢復正常的播放速度，然後就聽到迸一聲巨響。

JTB放的香頌剛好到了尾聲。

我在巴塞隆納喝下午茶

沒人問我打從哪裡來

眼睛，乳房，水蛇腰和屁股

女人來來去去

我卻不知道要去哪裡

我在巴塞隆納喝下午茶

聽起來像是一隻鬼無聊的寫照，一隻流落西班牙的鬼。

狄克吹吸點了一根菸，沉思了好一會，才打破沉默說：「從速度上來看也不太對勁，」他把車禍發生點往前推進十五秒：「你看，這時的時速表指針才三十公里而已。」畫面再跑十秒，「對方的車子還那麼遠，車速也沒那麼快。」

也就是說，依這種速度，在這樣短的時間內，這兩輛車根本就沒有交會的可能囉？

「就算撞在一起，依這種速度的撞擊力道和撞擊角度，應該也不至於要人命才對。」

對厚～，這個時代的車子，可都是通過Euro NCAP七顆星撞擊測試的。

「而且，最不可思議的是，」狄克吹吸突然發出銳利的眼光：「你看，她到死前竟然還記得對方的車牌號碼。」

嘿，這一點，我倒是沒注意到。

「所以說……」

「所以說，這一段記憶有可能是偽造的，也有可能是被竄改、錯置的。」

等等，數位的記憶如果可以更改，那ROM（Read Only Memory）豈不是變成了RAM（Random Access Memory）？

「你碰過這種K死嗎？」

「在現實界，這類案例太多了，」狄克吹吸好像忽然陷入開啟舊檔的模式裡，臉上又流露出那副疲憊的表情。他身上大概背負了太多人世間的祕密吧。

「你聽過活佛轉世嗎？如果真有這種事，那就是記憶轉移。」

「但是輪迴轉世的說法，顯然違反了熱力學第二定律。」

他不理我，繼續說，有人從長期昏迷中醒來，開始講古代的意第緒語，那可能叫記憶甦醒；還有人宣稱自己被外星人輪姦，那應該叫記憶錯置。

我忽然想到：「對對對，卡夫卡醒來發現自己是一條蟲，那叫什麼？」

「那叫超現實主義。」他皺眉瞪了我一眼：「其實現實的世界裡，最多的是偽造的記憶，和被自己合理化後的錯誤記憶。我們的大腦是製造幻覺的工廠。」

「你是指愛情？還是愛國主義？」我知道，人類的集體意識是可以塑造的，而且超容易感染流行的。教科書都可以修改了，還有什麼記憶是不能塑造的。

他依然不理我，繼續在開啟舊檔的模式裡搜尋。沒一會，他吸了一口菸，眼珠子又放出光芒：「但是在從人腦下載的記憶體裡，我還沒有遇過這種K死。」

「因為法令的禁止，還是技術的限制？」

「都有吧。如果生前的記憶可以變造，那不僅沒有保存的意義，還會造成世界大亂。」

「問題是，如果真有人竄改，那他的目的是什麼？」我忽然覺得一切都不對勁起來。我眼前好像有什麼東西，誘使我一直走下去。

酒吧裡每張桌子幾乎都坐滿了。星期五的夜晚，總是這樣，到處都是人，人擠人，人踩人，人磨人，人蹭人。好像這樣才可以得到一點溫度，好像這樣才能跟熱力學第二定律抗衡。角落邊

有張枱子已經喝駭了，一對黑白姊妹花鶯地跳上枱面，隨著節奏扭腰擺臀。眾人愈是吆喝，她們扭得愈賣力。脫掉！脫掉！脫掉！MaDe，她們真的一件一件脫掉。她們把連身裙緩緩卸掉。脫掉！她們把黑色不拉拋掉。脫掉！她們把紫色吊襪帶甩掉。脫掉！她們真的把丁字褲脫掉。節奏愈來愈快，她們互相把眼珠子挖掉，她們把頭皮掀掉，最後，她們把身上僅存的皮衣扒掉，人也不見了。

看ㄅ～，又是來亂的。

這個世界一定有什麼地方不太對勁。

三、害我軟趴趴的介面

我跟諾諾教授約在他自家的實驗室見面。

來開門的是新一代的口交娃，不，應該叫手槍娃，因為她已改名搓搓殺必死（Jerk off Service, JOS），雖然她嘴唇還是嘟嘟的。

「嗨。」

「歡迎光臨，別管我先生，諾諾教授已經在恭候您的大駕了。」看ㄅ～，這又是哪個時代的語言？但是她的聲音好嗲，笑得好嫵媚，捲翹的睫毛眨啊眨的。我跟她握握手，正奇怪她的手怎麼那麼柔軟，不料她手邊立即彈出一個對話視窗：

你想要這隻手為你做什麼事？

□ 1.幫你打手槍

□ 2.抓癢

□ 3.只要撫摸你的蛋蛋

□ 4.暫時什麼都不做

□ 5.更多選項

□ 6.進階設定　自訂功能選項

　　我選了4，才被領到諾諾面前。一年多不見了，他還是醉醺醺的。

　　「怎麼樣？」他洋洋得意問：「這個比SOS還屌傲吧？」

　　我坐進沙發，正想好好端詳他最新的實驗性產品，不料沙發忽然陰森森說：「要抓龍嗎，先生？」

　　「好呀。」

　　「請稍等，抓龍小幫手即將為你服務。」

　　我怕眼前又出現一大堆對話框，諸如按摩力道、按摩模式、按

摩時間、電源管理等選項。我連忙取消掉。沒完沒了，真的是沒完沒了。

平心而論，JOS確實比SOS進步好多。光是處理臉龐的光影和頭毛的細節，就比上一代的圖形加速器快上好幾倍。皮膚的觸感也比較真實，PKN說天冷時她還會剉起雞皮疙瘩呢。

我要她坐到我腿上，她就這麼深情款款望著我的褲襠。MaDe，我真是愛死那一對眼睛了！就算現實界也沒那麼正點的神采，反而比較像日本的萌少女，瞳孔表面會閃閃發光那種。

PKN問：「想不想試看看？」

「你改進了什麼地方？」

「主要是她手指和手腕的關節，自由度比人類大多了。許多我們做不到的動作，她都能運轉自如。」PKN親自過來示範，有些動作我想都沒想過，亂噁爛的。原來她的指腕幾乎可以無限度無方向性地彎曲或伸展。「你知道她同時可以打幾支手槍嗎？」

我搖搖頭，大聲抗議：「但是我受不了這種使用介面！」

不知道為什麼，每次看到對話視窗，我的GG就軟趴趴。大概跟我小時候不愉快的電腦使用經驗有關，也可能跟威權體系有關。

「快去洗手，不然不可以吃飯。」

「要嘛你就去考大學，要不然你就去做工。」

諸多此類的對話，充斥周遭。沒想到在這個時代，還是以視窗和對話框的形式保留下來。難道他們不知道，高壓，永遠是斲喪選擇意志的幫凶。

我望著JOS那對紅豔的嘴唇好一會，還是忍不住碰了它一下。果然，她的唇邊立即跳出一個對話框：

你想要這張嘴巴為你做什麼事？

□ 1.玩親親

□ 2.咬GG

□ 3.聊是非

□ 4.吐口水給你看

□ 5.更多選項

□ 6.進階設定　自訂功能選項

　　我的GG已經被對話框氣到不理我了。我只好選擇聊天。不料又彈出第二層視窗，上面洋洋灑灑列舉了圖書館所有的分類科目，問我想聊什麼。樹狀結構，沒完沒了的樹狀結構。好啦，我承認樹狀結構可以讓這個世界條理分明，好不好？但是從那裡面很難讓你產生直覺創見的，不信你去問達爾文或愛因斯坦。

　　「你不喜歡的話，可以取消對話框的功能。」PKN在遙控器上按了一下：「那是為羞於啟齒的人設計的。」

　　他啟動JOS的主動模式。她隨即搭著我的肩膀，俯下頭，對著

我的耳朵吹氣：「想跳舞嗎？」

是誰說的，舞蹈源於求偶。我搖搖頭，她就逕自翩翩起舞。PKN不曉得在她身上哪裡配置了音樂，節奏有點像中東的肚皮舞，旋律卻有印度靈修的梵味，兩相結合，烘托她撩人的舞姿，真的是有給她性感到。搖啊搖，搖啊搖，我的身體也快跟著晃起來了。當我察覺到我的GG又開始蠢蠢欲動時，她的手已經快碰到我肚臍。誰知這時忽然換了一首歌，〈窗邊那隻母狗值多少錢〉，害我的GG一下子又垮了下來。這首曲子好像來自上一代電腦編寫的《懷念情歌大全》。

JOS尷尬望著我，眼神有點迷惑，好像她也感覺音樂有什麼地方不對勁。PKN有點不好意思搔著光頭說：「可能是新版的DJ程式還沒除蟲吧？」

四、我們國父，首創革命

我把ROM的記憶交給PKN分析，然後跳進他家的自動洗澡機裡。

嘩一聲，我一下子就被熱水淹沒了。我趕快取消自動模式，叫JOS過來幫我搓搓背。呼！真是TaMaDe舒服。她的手真是靈巧到匪夷所思，那種觸感也不是現實界能體驗到的。要是程式設計得當，用這種手來打手槍，不管是左手或右手，我看每個男人都會早洩。

就醬，我趴在溫熱的水床上讓她抓龍。當她按到我的風池穴和

天柱穴時，忽然很關心地問：「你睡眠不太夠啊？」那種口氣，好像我的健康是她這一生誓死也要捍衛的主義。

「你怎麼知道？」

「因為你的脖子好硬嘞。」靠，這個她也知道。等下她抓到我的阿基里斯腱或湧泉穴時，說不定會問我有沒有心因性陽痿。

「不對啊，」PKN在外頭大喊：「最後這段記憶，上面有好多數位雜訊和鬼影訊號！」

我像阿基米德發現浮力原理那樣衝出浴室，只見PKN一個人坐在一堆亂七八糟的示波器和頻譜儀旁發呆。

過了半晌，他才說：「我只能告訴你，車禍這一段是拼接上去的。」

「怎麼說？」

「因為這一段的取樣頻率跟從前的記憶不一樣，硬接上去的結果，才會產生這些雜訊和鬼影。」

他看我一臉茫然，有聽沒有懂，便去冰箱拿了兩瓶比利時啤酒。JOS忽然問我：「還要繼續按摩嗎？」我才想到我還沒擦乾身體。

數位雜訊？鬼影？哈啾，哈啾，我的心忽然颼地涼了起來。

PKN倒了一杯Bière du Boucanier給我，酒標上面是個紮頭巾、缺門牙的海盜頭。JTB說過，海盜啤酒有新舊兩種，酒標卻有三種，大概因為他們經常內訌吧。我納悶的是：為什麼不管新海盜或舊海盜，眼罩都戴左邊呢？那很可能是集團內類似口令的暗號，或者代表了什麼位階和權力，就像廚師帽的高矮那樣。

「嘻～，還是老海盜夠勁，」PKN爽了一聲，隨即問我：「你

知道傅立葉這個人吧？」

「你說這個老海盜叫傅立葉？」

「不，我是說我們虛擬王國的國父傅立葉。」

嘿，這可是我第一次聽到，我們也有國父吔。「那他是虛擬的國父，還是真有其人？我意思是說，他也是cyberman嗎？」

「不，他是十八九世紀研究熱傳導的物理學家和數學家。」

少唬我，「那時候根本就還沒有電腦。」

「對，但要是沒有他的傅立葉轉換公式，我們也無從進入數位化的世界。」他從網路上秀出一張傅立葉的圖片給我看：「他年輕時是法國革命委員會的委員，但他絕對沒想到，他死了一百五十多年後，這個世界因為他的發明，掀起了一場數位革命。」

厚，有那麼嚴重嗎？「傅立葉轉換，那是什麼東東？」

JOS愈聽愈有趣，好像從此可以得知自己的來源或身世；她把深情款款的目光，從我的褲襠轉換到教授手上的圖檔。

PKN說，傅立葉在研究熱傳導時，最重大的發現是：所有時空領域的訊號，都可以轉換成頻率領域的訊號，反之亦然。他據此寫出了著名的傅立葉轉換公式，又稱離散傅立葉轉換（Discret Fourier Transform, DFT）。直到他死了一百多年後，才有人根據這個公式，寫出快速傅立葉轉換（Fast Fourier Transform, FFT），省掉了許多冗長複雜的運算。這時正好遇上計算器問世，人類才有辦法把所有的資料數位化，交給電腦處理後，再逆轉換成人類能理解的類比訊號。

時空領域？頻率領域？PKN比手畫腳，滿嘴都是正弦波、相位角、對數、級數、Σ的，害我恨得牙癢癢的。要是我會微積分，一

定當場把他微分掉。對，把他微分到零。

「拜託，你不會講白話文嗎？」我好想把海盜的酒瓶插進他嘴巴。

他嘆了一口氣，好像雞同鴨講後，還要用鴨的語言再講一遍：「譬如說吧，時空領域的音樂，透過一維的快速傅立葉轉換，可轉化成頻率領域的訊號。而在頻率領域內，只要透過固定的取樣頻率，就可以將其數位化成一連串的數字流，保存起來。當你想再聽到這些音樂時，只要透過傅立葉逆轉換，例如用一塊數位轉類比的晶片，就可以還原出當初錄音時的電頻訊號。」

我好像有點懂了：「所以圖形要數位化，就必須透過二維的傅立葉轉換？」

「完全正確。」

「那我們虛擬人是透過三維的傅立葉轉換來的？」

「哼，用雷射全像攝影術，就可以在二維的空間製造出三維的圖像了。」

「那你說ROM記憶裡的數位雜訊和鬼影又是怎麼回事？」

PKN好像很努力想把他的話轉換成鴨的語言，過了好一會才說：「再拿聲音做例子吧。」他說人耳可聽到的頻寬大約在20Hz～20kHz間，而根據傅立葉公式，取樣頻率必須是採樣對象的兩倍，才有辦法得到完整的波形。所以最初音樂CD在制定取樣頻率時，採用了44.1kHz的格式。但是後來發覺，這樣可能濾掉太多超高頻的諧波了；這些20kHz以上的訊號，人耳雖然聽不到，卻可能影響到人類的聽感。後來到了HD時代，取樣頻率已高達48、96，甚至192kHz。

「你是說車禍這一段的取樣頻率跟別的不一樣，可見是事後加上去的？」

　　「要拼接上去，當然要先轉成先前的格式，可是這樣一來，就會造成畫質音質downgrade的現象。」

　　PKN喝了一口海盜，卻還沒有說完的意思。他右手的中指又開始不由自主地抖動。他好像很久沒這麼興奮了。

　　「要知道，這些取樣過的數位訊號，在還原成類比訊號時，還是要遵循先前的時脈，也就是我們講的time base，時間基礎。」

　　「如果沒有依原來的時脈還原……」

　　「那就會造成嚴重的jitter，一種因時間基礎不穩而產生的數位失真。」他一口喝光手上的海盜：「digital noise and aliasing，你現在應該明白我講的數位雜訊和鬼影失真是什麼意思了吧。」

　　我是稍微懂了一點，但是問題還沒有解決：既然有人拼接這一段記憶，那他的動機和目的又是什麼？

　　NiangNiangDe，這個世界真的這麼不堪分析下去嗎？

　　是誰說的，人生的問題就像量子力學，不想都沒問題，一想全都是問題。

　　JOS忽然冒出一句話：「那我是怎麼取樣來的？」

　　「你是我從世上十大最性感的女人綜合取樣來，再經過好幾層數位加工合成的。」

　　她皺起眉頭，嘟著嘴：「那你，為什麼沒給我拼接上一些甜美的回憶？」

五、打個電話給上帝

等我回到家時，已經近午夜了。

門口虛擬的獅子狗，一看到我就跳進我懷裡。牠叫懶得理你（Who Cares You, WCY），是我特別訓練過的，用來偵測到處巡邏的AVP。可能是跟我跟久了，染上了些許我的毛病，整天就看牠懶懶散散的。當然，那也可能是我在牠身上灌了太多防毒軟體，害牠跑起來比較慢。

「汪汪，你今天怎麼這麼早回來呀？」牠撒嬌叫道。

「因為我今晚沒去喝酒啊！」

「汪汪，那你今晚想幹嘛啊？」

「我今晚想幹你祖嬤呀！」

牠好像一時沒能領會我粗鄙的玩笑，用迷惑的眼睛望著我，似乎企圖從我臉上的三條線裡尋找蛛絲馬跡，好繼續我倆無聊的對話。

「汪汪，你幹嘛幹我祖嬤？」

我搖搖頭，把牠身上的警戒模式調到最高級，牠才心不甘情不願跳下來，搖著尾巴逕自巡邏去了。

進到屋裡，我先用防毒軟體把整個室內掃描一遍，才啟動ROM整體的虛擬模式；過了十幾秒，她才出現在我面前。

「你怎麼去了那麼久？」她說，口氣裡有點埋怨。看來她目前身上的數位時脈還滿準的，至少她知道我去了多久。

「還不是為了你的事。」我把狄克吹吸和諾諾教授的看法詳盡複誦一遍。

「你的意思是說，從類比的圖像觀察，這場車禍是不可能發生的；就算發生，也不該是致命的。而從數位的角度分析，這段記憶

也是拼接上去的。」

「完全正確。」

「也就是說，我身上可能有一段不屬於我的記憶。」她喃喃自語，望著窗外好一會，才露出一抹苦笑：「那我到底死掉了沒？」

「現在還不能確定。」

「也許只有上帝才知道吧。」她的口氣有點沮喪。

於是我撥了通電話給查號台。電話那頭傳來一連串銀鈴般清脆的聲音：「查號第104台你好，很高興為你服務。」說真的，我實在不曉得她在高興什麼。

「幫我查一下上帝的電話號碼。」

她給我一串奇怪的數字流，裡面夾雜著一些＊＆※＠＄％有的沒的。

「可是這個看起來不像電話號碼。」

「我也不知道，反正這邊就是這樣登記的。」

我按照她給的數字打過去，電話響了，答鈴是一首叫〈相信我〉的小曲子。

「喂～，請問上帝在嗎？」

「我就是啊。」

「你是……名字叫上帝，還是真的上帝？」

「在虛擬的世界裡，我當然是虛擬的上帝。你以為你在哪個世界啊，問這種蠢問題。」

一個會罵人的上帝？「如果你是上帝，那你一定能回答我這個問題。」

「說來聽聽。」

「我的朋友ROM到底在現實界死掉了沒？」

「我不知道。」

看ㄅ～，「上帝也有不知道的事啊。」

「對不起，我不能回答你任何有關現實界的問題。你又忘了，我是虛擬界的上帝。」

「那你到底有什麼用？在虛擬的世界裡，真的需要上帝這個角色嗎？」

「我可以讓你祈禱。」

「祈禱又不見得會應驗。」

「你又忘了，上帝的神蹟，總是以出人意料的方式顯現。」

「你也需要用神蹟來證明自己的存在喔。」太遜咖了吧。

「沒辦法，這是最快速的方式，有些人就是要這些東西。你以為上帝只要打打卡、上下班就可以混過去？」

「那你講個神蹟來聽聽。」

「上次有個做皮包的，做了一大堆賣不出去，打電話來問我怎麼辦。」他忽然刻意壓低聲調搞神祕：「我跟他說，你只要在皮包打上兩個字母就行了。」

「哪兩個？」

「L跟V啊。」

「那不是少了O和E？後來呢？」

「後來他賺了好多錢，就沒再打電話來了。」

我好想跟他說，人類的行為，也總是以出神意料的方式顯現。「那你很傷心厚？」

「還好啦，我早就習慣人類的背叛了。」

看來上帝的意志還是比人堅強。「你有愛過人嗎？」

「喔，那是好久以前的事了。」他好像陷入回憶的模式裡不可自拔。

「算了，我們還是換個話題吧。」我忽然想到，這通電話可能跟色情電話一樣，是計時付費的。我可不能讓他沉浸在無止境的回憶裡：「那你認為我要怎樣才能解開ROM的生死之謎。」

他又刻意壓低了聲音搞神祕：「你可以試著往西方走。」

PiLa，PiLa，這算什麼答案。他還不如叫我在包皮刻上LV兩個字比較明確。

「好啦，最後再問你一個問題。笛卡兒曾經在本體論裡證明你的存在，後來卻遭到康德純粹理性的強烈批判，你認為哪個人比較對？」

「哈哈，都不對，你們應該先把認識論搞清楚才對。要不然，就算證明了魔鬼的存在，也不能反證上帝的存在；畢竟上帝才是最高的存在，不是嗎？」

我感覺我的GG又快那個了，MaDe，每次一談到哲學命題，就醬。我必須趕快終止這場沒完沒了的對話，免得下個月電話費又超支。「好吧，改天再找你聊。掰掰。」

「你多保重。」

「你也是。」

六、嗯，去陰間找找看

ROM狐疑地望著我：「講完了？」

「嗯。」

「你是在自言自語，還是在自導自演？」

「沒辦法。他說他是虛擬的上帝，不能回答你現實界的問題。」祂還叫我要禱告咧，哇哩咧。

「不過，我聽得出來，祂只是一部改良過的自動語言機。上上個世紀就有人做過字串語言機了。」

「怎麼說？」

「第一，祂的思考邏輯和文法完全是人類式的。」

「上帝不就是依祂的形象來造人的嗎？」

「第二，祂只會跟著你的話打轉。」

「所以？」

「所以，祂可能只是電腦裡的對話程式罷了。你叫祂電腦上帝也可以。」

「算了，反正我也不是一神教的信徒，」她說：「我覺得諾斯替教義還比較有可能接近真理。」

嘿嘿，我望著眼前這個異教徒，竟然覺得她更加可愛了。A Gnostic？從前從前，這種人可是要用火燒死的異端。

「上帝的概念來源，可能跟多神教、威權崇拜一樣，只是大腦內宗教感那一區強烈活動下的產物。」

「如果汽車有意識的話，也會把汽車修理工當上帝吧。」

「不說這些。先假定最壞的狀況好了，」我說：「如果你真的死了，我們可以請靈媒找一找，說不定在哪裡可以發現你的下落。」

「你是說像牽亡魂、遊地府那樣？」她搖搖頭，「就算通靈人可以通陰陽，但一個虛擬的法師可以橫跨現實和虛擬兩界嗎？」

嗯，從虛擬的陽界直闖現實的冥府，這倒是個問題。

　　我馬上撥了通電話給JTB：「誰是巴比倫最厲害的大法師？」

　　「你可以試試看怪老婆，Wicked Weird Witch，WWW。」

　　我按號碼打過去，是語音留言：「這支手機的主人目前不在陽世，當她感應到你的來電時，就會回你的電話。」

　　MaDe，難道陰間到現在還沒有基地台？

　　我跟ROM面面相覷。作為一個無神論者，我根本不該打這通電話；但作為一個朋友，這似乎是弄清真相最快的途徑。算了，碰到死生大事，我們好像很容易陷入道德的兩難困境。就像癌症末期的病人，很難抗拒另類療法的誘惑；這時候，裝糊塗可能是從泥沼中脫身的捷徑。

　　沒多久，電話就響了。

　　「請問有人找怪老婆嗎？」她感應還滿快的嘛。

　　我把ROM的K死告訴她。她想都沒想：「沒問題，蛋糕一塊，小事一件，等一下你們直接過來找她好了。」奇怪，這傢伙好像從來不用第一人稱指涉自己。是靈媒做久了，已經喪失了自我？還是她意識中根本就沒有「我」這個概念？

　　當我見到她時，還真的嚇了一跳。

　　她全身上下就披著一張熊皮，打扮像薩滿女巫；但是她滿頭的鬃髮紮成數十條小辮子，卻有如神話中梅杜莎頭上的群蛇亂舞。她手上還拿著一個巫毒娃娃。娃娃的頭髮跟她一模一樣，不過是用乾草黏上去的；兩顆黑杏仁當眼珠，嘴巴縫了三條直行的鋸齒線。

　　管他的，反正薩滿和巫毒不是用模擬巫術就是用交感巫術。

　　我們進到一間密室裡，只見中央桌面搖曳著燭光，四周都被重重簾幕包圍住。她端來了兩杯飲料，濃濃苦苦的藥草汁，躺在高腳的聖

杯裡。「你們即將去的世界是你們想也想不到的世界。」怪老婆說：
「所以千萬要記住，不管發生什麼事都不要回頭。」然後音樂就響起
來了，是披頭四的〈就這樣吧〉。她很不好意思地說抱歉，放錯歌
了；接著是非洲狩獵的鼓聲，夾雜著七八部人聲和音。她對著巫毒娃
娃念了好長一串咒語，又交代了一大堆應注意事項，好像是要她好好
看家，不要一直看電視之類的，然後我們的心就飛起來了。

　　我們首先來到一個像詢問處的地方，櫃台裡有個像先知的老頭
問我們要幹嘛。怪老婆說要找人，於是他把資料輸入搜尋引擎，螢
幕立刻顯示搜尋結果：

> 對不起，一共搜尋到0筆資料符合你的輸入條件。
> 此次搜尋共花費0.17秒。請重新輸入關鍵詞。
>
> **※ 注意，有些關鍵詞可能需要使用同義字，例如「戲院」＝
> 　「電影院」、「他媽的」＝「幹」、「狗屎」＝「牛大
> 　便」、「中出生插」＝「內射無套」等。**

　　怪老婆問老頭那現在怎麼辦，他揮揮左手，要我們一路往西
走，於是我們就上路了。起先路上有好多鬼，漸漸愈來愈少，也不
知道他走到哪裡去了。走了好久好久，我們終於來到一處破敗的
村落。四周黑漆漆的，唯一有鬼氣的地方，是一家門口有霓虹燈的
酒吧。我一看到酒吧就口渴，拖著她倆便衝進去。只見狄克吹吸早
就坐在那裡喝他的La Gourmande。

　　「你怎麼也在這裡啊？」
　　「我也不知道。」他用很平靜的口氣回答。

我正想點一瓶Haecht Witbier解渴，怪老婆連忙拉著我們往外走。

「喝了就回不去了。」她說。

我忍不住問：「那他怎麼會在這裡？難道他也死了嗎？」

「可能你們走錯時間的方向了。」

MaDe，我們走到未來的鬼城去了？這怪老婆未免太會帶路了。

我們只好迴轉，沿途的景象卻又跟來時不一樣了。這次路上的鬼愈來愈多，但他們全都倒退著走，而且彼此都不交談。走著走著，就來到了火車站，所有的鬼都在尋找自己的班次，月台上也停了好多火車的鬼魂。我興致勃勃走到服務台，問小姐最近一班車什麼時候開。誰知她頭抬也不抬，陰森森說：「坐滿了就開。」就在這時，ROM忽然對著眼前經過的男人驚呼：「你怎麼會在這裡？」

這個人，我好像在ROM的記憶裡見過。

「我在找你啊。」他臉上卻沒什麼表情。

「為什麼來這裡找？」

「他們說你死了。」冷冰冰的。

「所以……」

「所以我就來了。」

我想起來了，他在她青春期的記憶裡出現過好多次。

「所以你能確定我真的死了嗎？」

「我現在不是找到你了？」他臉上卻沒有一絲找到東西後的喜悅。

「可是……我不是從你來的那地方來的，」ROM一時好像也不知該怎麼解釋：「我也是來找我的啊。」

「什麼意思？」他臉上總算露出一絲迷惑。

「我來這裡，是想確定我死了沒。」

「你不確定？」

「因為……我身上有一段不屬於我的記憶。」她把她的遭遇告訴他。

「那現在怎麼辦？」

「時間快到了。」怪老婆大概也沒料到會發生這種情況，連忙到服務台播了一則尋鬼啟事。「我們必須回去了。」

她大概是怕她的客戶想私自留下來。

我提醒ROM：「你現在也沒辦法留下來陪他，因為你還是一個被困在巴比倫的記憶體。」

「嗯，」她咬咬唇，轉頭對他說：「等我弄清真相再回來找你，假如你還是找不到我的話。」

「不要，」他說：「我寧可你不要來。」

「為什麼？」

「這裡不好玩。」

七、如何證明你去過天堂

我們總算趕在天亮前回來。

我睜開眼睛，只見ROM仍趴在桌上，兀自不肯醒來。她睡得好甜，好像還沉醉在剛才那一段意外的重逢裡。

怪老婆不知什麼時候已離開了密室。

我揉揉眼睛，想弄清到底怎麼回事。

我的左腦	我的右腦
你相信你剛剛看到的嗎？	我覺得車站服務台那個小妞滿正點的。
我看你是嗑藥嗑過了頭。	你指那一杯藥草汁？我們也有可能是被催眠的啊。
拜託，別再用夢來解釋一切好嗎？現在還有誰相信佛洛伊德。	你沒看她睡得那麼熟，嘴角還在流口水。
除非你能證明，我跟她夢裡的內容完全相同。	怎麼證明？先用傅立葉轉換成頻率，再拿去頻譜儀比對？
你忘了嗎，要證明你去過天堂，最好的方法，是從那裡帶一朵花回來。	如果那不是四維的世界，你怎麼帶回五維的花朵？
等等，讓我理清楚一下疑點。你又把我搞混了。	我看是你懷疑論的細胞又發作了。難道這世上就沒一樣東西可信嗎？
首先，該懷疑的是最先碰到的那個老頭，你不覺得他長得很像傅立葉？	誰曉得我們到底是去了虛擬的陰界，還是真的鬼世界。
其次是狄克吹吸，他怎麼會在那裡？難道他也死了？	怪老婆不是說我們可能走到未來的死城去了。

這麼說，如果照那個方向走下去，遲早會碰到我自己囉。	當時如果問一下狄克吹吸時間，就可以知道他是什麼時候死的。
要不是你吵著喝啤酒，也不會匆匆忙忙被怪老婆拖走。	MaDe，看到酒有不喝的道理嗎？

就在這時，怪老婆無聲無息走了進來。

於是我們展開了一段三部輪旋的和聲。

我的左腦	怪老婆的大腦	我的右腦
求求你告訴我，ROM到底死了沒？	依怪老婆的能力，到目前為止，還沒有找不到的鬼魂。	那妳應該知道服務台那個小妞叫什麼名字囉？
拜託，妳就不能用「我」稱呼妳自己嗎？	你是說第一人稱啊？哈哈，這世上還沒有人了解那個字是什麼意思呢。	管它什麼意思。妳覺得我還有可能見到那小妞嗎？
照妳這麼說，ROM應該是還沒死囉。	更精準的說法是，她還活著的機率很大。	MaDe，你們只顧她的死活，都不理我。

PiLa，PiLa，講到最後，又陷入波函數的詭論。	波函數是啥小？怪老婆只知道她現在好累，需要好好睡一覺。	你又來了，你不能把量子論直接套用到現實人生裡啊。
是她剛剛説ROM活著的機率很大。那跟薛丁格的波函數有何不同？	饒了怪老婆，讓她休息吧。	波函數講的是量子，不是女人。你可以類比，但不能套用，OK？
那我現在該怎麼辦？	相信你相信的。	給我一瓶啤酒吧。
PiLa，我就是不知道該相信什麼才找上你的。	該把ROM叫醒了，再睡下去會回不來的喔。	能不能給我車站那小妞的電話號碼？

八、薛丁格那隻貓到底死了沒？

我想我大約知道問題的癥結在哪了，但又不是那麼肯定。

我自個兒坐在吧枱前等候狄克吹吸，轉眼就幹掉了兩杯La Gourmande。想起這段日子以來的遭遇，我不由自主笑了起來，苦苦的，像氧化過度的啤酒。

我怎麼會讓自己走到薛丁格的實驗裡呢？只因為我愛上了一個

記憶體，或者說，一個生死不明的記憶體，以致讓我自己的人生，也跟著陷入渾沌不明的量子狀態？

當年薛丁格推算出波函數後，為了闡述量子力學的測不準原理，曾經設計了一個臆想實驗。假設有隻倒楣的貓，被關在密封的黑箱裡；箱裡有支毒氣瓶，開關由放射性原子核和偵測器控制。當偵測器一偵測到原子核衰變，就會放出毒氣毒死貓。但根據哥本哈根解釋，由於原子核處於半衰變半不衰變的量子態，而導致毒氣處於放與不放之間，貓也就處於死與不死之間。除非有人打開箱子，由於觀察者的介入觀察，或者說是干擾，貓才會變成生貓或死貓。

但薛丁格要問的是：「在打開箱子前，貓到底是生是死呢？」

依量子力學的預測，如果問爬出來的貓，牠會這樣回答：「啊，討厭。自從我進入箱子後，就陷入量子態，有一個量子態代表我活著，另一個量子態指出我死了。至於我嘛，我一直都無法確定自己是死是活。直到你們打開箱子，觀測到我是活著的那個量子態，我才確定自己還活著。」

結論：如果不打開箱子，便不知貓是否如量子力學預測的那樣，永遠處於亦生亦死的狀態；如果打開了箱子，又會干擾到貓的波函數，只能得到貓是活是死的明確答案。

這是個很聰明的實驗，企圖把困擾哲學家數千年的主、客觀大辯論一併幹掉，甚至可以解放測不準定理的幽靈，讓量子力學關聯到巨觀的尺度。而我現在面臨的問題是，我要不要去打開這個箱子，好讓ROM從亦生亦死的狀態解脫，以得到是生是死的答案。

差別在於，薛丁格那隻倒楣的貓，在六十五年後，以一隻超導狀態的貓代替，終於證實了量子力學的預測。

　　但我面對的不是貓，而是我用一年牢獄換來的愛人。

　　我望著眼前的酒杯發呆。酒杯不知已空了多久，只剩殘餘的泡沫淌下杯緣，依依不捨似的。杯裡的隱形晶片，可能感染到我凝重的氣息，屁也不敢吭一聲。空氣中，迴盪著JTB放的歌〈不要問我從哪裡來〉。酒吧裡沒幾個鳥人。隔桌有兩個七分醉的年輕人，正在爭論生物對稱性的起源。

　　「因為左右對稱的動物，才適合做前後的運動啊。」理平頭的說。

　　怪怪，照這樣講，那我應該有左右對稱的兩根GG才對哦。

　　「談對稱，不能只從生物進化的觀點看，」留長髮的想了一會：「從物理學的角度，不管宇宙或粒子本身，都是超完美的對稱。」

　　「而且，就幾何而言，圓形，才是最完美的對稱。」

　　難怪我的GG是圓柱體囉。對嘛，這樣講才像話嘛。

　　直到將近凌晨，才看到狄克吹吸醉醺醺晃進來。

　　「你死到哪裡去了？」我還在考慮要不要告訴他，我昨天在陰間的酒吧，看到他自個在那喝悶酒。

　　他一屁股落坐下來，還是那副很疲憊的樣子。我幫他叫了一瓶醒酒用的白啤酒。

　　「那來一瓶Celis White好了。」JTB說。

　　「會不會太濃啊？」我知道這支酒，比利時人跑到德州做的白啤酒，香蕉和橘子味滿重的。但這時好像該給他檸檬味的才對。

　　「不會啦，止渴、解酒、補腎、固元氣，攏兼顧筋骨。」

　　狄克吹吸醉眼迷濛望著我：「我沒醉。」

廢話，你當然沒醉，你只是心兒碎。「我要請你接這個K死。」我說。

「什麼K死？」

「幫我到現實界走一趟，去查清楚ROM到底死了沒。」我把這幾天來的遭遇和想法告訴他。

「你自己也可以去啊。」

「赫～，你是普洛的，我沒你那麼厲害啦。」

「基於好奇心，我會接下這件K死，」他偏頭斜睨：「可是，你難道不會也想去弄個清楚嗎？」

「我從來到巴比倫那一天起，就再也不想回去了。」

「哈哈，有趣，我也是吔。」

「可是……」我想了一下，還是決定不告訴他陰間酒吧的事：「更重要的是，你不能再這樣喝下去了。」我在擔心他喝死了我。

「你不也是這樣在喝嗎？」

「那不一樣，你自己知道你怎麼喝成這樣的。」

空氣一下子就凝結住了。

MaDe，哪個酒鬼喜歡人家提他的傷心事啊？朱元璋最討厭人家提他小時候臭頭了。

JTB提出一大瓶Saison Dupont過來緩和氣氛。「來，算我的。」他用他很普洛的手法，打開跟香檳一樣的軟木塞瓶蓋，緩緩斟了三杯。看ㄅ～，每次看他開酒、倒酒，就像在觀賞某種前戲儀式，輕攏慢捻抹復挑那樣。

「這支夏季啤酒，我可是讓它平躺催熟了兩年捏。」他說這支酒剛裝瓶的時候，原本有很辛辣的草本酒花味，一定要讓它在瓶中

慢慢醇化，才能讓濃郁的果味順順地持續到尾韻，喝的過程中比較不會激突，並且可以帶出最後的泥土香。「From grassy to earthy，懂嗎？你抽過多明尼加的Macanudo吧，那個就叫grassy，」他打開雪茄盒，掏出一支尼加拉瓜的Pedron：「這支更是earthy中的經典。」他做了一個鬼臉。

登登，我腦前額葉皮質有塊區域好像忽然亮了起來。看ㄅ～，我知道了，薛丁格一定不太會喝酒，只會養寵物，不然不會抓那隻倒楣的貓來實驗。如果他是酒鬼，他一定會這樣問：「MaDe，在打開瓶子之前，裡面的酒到底熟了沒啊？」

而酒一定會這樣回答：「唉呀，真不好意思捏，自從我被裝瓶後，就陷入無限可能的量子態，搞得我也不知道自己到底熟了沒有。直到你們打開軟木塞，喝到我目前這個量子態，你們才確定我是幾分熟吧。」

大概就是這個意思。

看來我得趕快把ROM從生死不明的量子態中解放出來不可。

但絕不是今晚，今晚狄克吹吸已經醉了。他又一口喝掉了眼前的酒，呆呆望著我苦笑：「就算你知道她是生是死，又能怎樣呢？」

我看他會把眼前看得到的液體都往肚子裡倒。

「你在現實界玩過最新版的《大逃殺》線上遊戲嗎？」他忽然冒出一句話。

我搖搖頭。

「有一次我玩到最後，裡面的虛擬主角竟然拿到寶物，搶到救生艇，真的逃出那個島。」他好像在喃喃自語：「我當時還搞不

懂，怎麼就這樣逃走了？後來才發現，整個逃亡根本就還是在虛擬實境的立體遊戲間進行。」

他嘴角露出一絲詭異的笑容：「其實他還是被困在程式裡，對不對？」

「誰知道，我們的真實人生，也許只是別人電腦裡的一段虛擬劇情。」

看ㄅ～，我最不喜歡跟醉鬼討論事情了。他們也許會冒出一兩句很有意思的話，但醒來後一定又抵死否認。

要趕茫是不是？老娘跟你拚了。

我跟JTB一下子就把那瓶Saison Dupont幹光光。

誰還顧得了啥青草味泥土香啊。

第三章／
不要問我從哪裡來

一、巴比倫第一名妓

這世界沒人天生就想幹妓女的，除了快來上我（Come on Me,
COM）。

即使穿著寬鬆的罩衫，你還是可以在七尺之外，就感受到她咄
咄逼人的乳房。這不是尺寸的問題，有些人天生就是有那種魅力，
連胸部也能散發出隱隱的殺氣。就像從不知恐懼為何物的齊格飛，
第一次看到女武神布倫希德起伏不平的胸部，才知道什麼叫害怕那
樣。

那裡面一定隱藏著什麼我不了解的東西，那種感覺。

「這兩天休假嗎？」我喝下一口淡金色的Moinette，Dupont酒
廠出的修女啤酒，好大一口泡沫。

「是啊。」她瞪著眼前的Brussels Apple，青蘋果味，甜酸甜酸
的，「怎麼，你也想要來一下嗎？」

她是圖形人，巴比倫十大名妓之一。其實十大名妓只是個代
號，因為沒人看過她們真正的樣子；不，應該說，她們根本沒有所
謂真正的長相。你想要她是什麼樣子，她就可以那個樣子出現。水
手妹？沒問題。小護士？小事一件。女教師？那太普遍。穿網襪繫
吊襪帶戴大盤帽玩SM的女警察？這，恰吉高一點就是。據說事後
她還會開一張罰單給你咧。

巴比倫的3D圖形人可能是目前進化程度最高的人種，目前還在
實驗階段；官方還不想公布所有的細節，包括他們的程式碼，也因
此弄得官商勾結的謠言滿天飛。而根據經驗法則，百分之九十關於
貪腐的謠言到最後都無法證實；另外那百分之十，只是不幸被抓到

把柄而已。

　　JTB就一直在懷疑，圖形人是他們用來蒐集市民所有情報的工具。去年要不是立法局強力主張公投，圖形人就業服務法恐怕早就過關了。

　　「打死我也不會去惹她們。」JTB說。

　　「有那麼可怕嗎？」我說：「她們真的會記錄你的一舉一動？」

　　「如果傳言是真的，那你的性癖好就再也不是祕密了。」

　　「連最後一點隱私都沒有的世界？」

　　「她們根本不該出現在虛擬實境裡。她們根本就是虛到一百趴了。」

　　「那跟PKN正在改良的口交娃有何差別？」

　　「PKN遲遲不肯推出，可能是因為防火牆的問題。」

　　「這世上沒有突破不了的防火牆。」

　　「問題是，你永遠不曉得，在你不了解的東西裡，會藏有什麼別人已了解的東西。」

　　這不就是莫非定律裡的刺客法則嗎？當有人想暗算你時，你大概就死定了。

　　問題就在，她們真的太誘人了。

　　我光坐在她身旁三分鐘，就已經口乾舌燥，連喝了兩大口Moinette。這瓶顯然在酒窖中貯藏過，果香交錯著啤酒花香，口感濃郁又飽滿。但跟身旁的COM比起來，修女啤酒簡直就是個屁。

　　至少到目前為止，她們只能從事最原始的服務業，而且也還沒出過什麼事，不是嗎？

「你休假就光泡在這裡喝酒？」如果這算勾搭的話，那一定是我身上的冒險基因又蠢蠢欲動了。根據腦神經學家的說法，我有一對貪婪的眼球，它們總是不斷地跳動，眨巴眨巴的，目的是不停地將新的景象輸入我腦中，好製造出時間流逝的動感。而此刻，我的眼球卻盯著她的臉蛋，乖乖的，動也不動；要不是沉重的喘息聲提醒我，恐怕我身上的時間感早已按下暫停鍵。

太迷人了，那神祕的眼神。我不禁嘆了口氣。那裡面好像包藏了太多東西，說不清的。好奇的，期盼的，渴求的，迷惑的，矛盾的，灼灼裡藏著冷酷，閃亮卻又不屑一顧，好像都嵌在那兩潭汪汪的水晶瞳裡，在酒吧昏黃的燈光下，發出迷濛的光芒。

一尊像藝術品的妓女，還是像妓女的藝術品？我都搞不懂我在說啥了我。

才兩瓶，我的頭又開始麻些麻些。比利時啤酒就有這個好處。

「你也想請我喝酒，對不對？」她嫣然一笑。

我根本就想把她給剝了我。

我搖搖頭，嘆了口氣，還是幫她點了一瓶Chimay的5Cents。「你一定自以為很了解男人厚？」

「男人？」她笑了一下：「就是花了十個月好不容易從一個地方鑽出來，又花了半輩子想鑽回去那種人。」

「那女人呢？」

「女人一輩子只想要一樣東西，叫做愛情。」

MaDe，男人一生就只想把一樣東西放到女人某個地方去咧。她的口氣，活像我是停機十個月、連兩秒性生活都沒的小公雞。真的是。

「可是卡爾・榮格說，每個女人其實都是在跟自己談戀愛。」

她瞪大了眼睛，好像一時不曉得該怎麼把話接下去。

算了，她大概還沒聽懂我講的是阿尼瑪斯原型。如果是ROM就好了，她總是知道我在胡扯些什麼碗糕。

我猜我八成又是在跟自動語言應答程式（Auto Talk Program, ATP）聊天。不過這次是人間版的，跟前幾天電話裡那個虛擬上帝版的不太一樣。

於是我們展開了一段白痴對話，聽起來很像古時候日本Ａ片開頭，例行的女優訪問記那樣。

二、為什麼ＧＧ是圓錐形的

「跟大家介紹一下你自己吧。」

「大家好，我叫快來上我，ＣＯＭ，這是我的第一次，我一定會努力以赴的。」

看ㄅ～，這隻配合度真的是一百趴。

「全身哪裡最性感啊？」

「眼睛啊……胸部啊……臀部啊，也有人說是腿啊……唉喲，人家不知道啦。」

「哪裡最敏感呢？」

「敏感跟性感有什麼差別？」

「就是你最喜歡人家舔你哪裡啦？」

「耳朵啊，脖子啊，乳房啊……還有那裡啊。」

「那裡是哪裡？」

「不好意思說捏。」

「試著說說看嘛。」

「不要，不要逼人家說嘛。」

「平常的口頭禪是……」

「不要……不要……不要……」

我暗忖，寫這套自動語言程式的一定是個老實人，忠實度還滿高的。不過聽說最新版的自動語言程式已經加了回饋系統，會從你的話裡蒐集你的個人資料，諸如嗜好度啦、羞恥度啦、戰鬥強度啦、暴力係數啦、SM指數啦、不拉不拉什麼的。

我還是小心點好。

「興趣是？」

「也沒什麼特別的，平常就是看看電影、聽聽音樂囉。對了，我最喜歡去旅行，你呢？」

嘿，想套我的資料？我沒理她，逕自問：「專長是？」

「我的第一專長是喝酒。」

「第二專長是喝啤酒。」

「第三專長是喝醉酒啦。」

我們同時笑了開來。她的笑聲還真像AV女優那種笑法，真的有給她白痴到。

果然是隻見人說人話的狐狸精。我懷疑我舉杯的頻率，已經輸入她的回饋機制裡，她才會講出這一系列酒話來。早期的自動語言程式，最大弱點就是一味繞著你的話打轉，但據說新版的加入對方

言行的回饋機制後，會調整自身的fuzzy logic控制閘，甚至會自動搜尋相關的話題，好讓對話能更流暢地進行下去。對對對，就像網路書店常給你的白痴建議那樣，買了這本書的人也買了下列幾本書。要是你一不小心訂了《羅馬帝國衰亡史》，他們還會建議你買《義大利式分手的藝術》，或《吃白藜蘆醇錠抗衰老》之類的東東。

「第一次是什麼時候啊？」

「一來巴比倫就開始了。」

「到現在有多少次經驗了？」

「到現在還是每次喝每次醉呢。」

看ㄅ～，要我。她到底在跟我鬼扯些啥？看來我還是得小心翼翼，沿著她的話順藤摸瓜；否則到頭來不僅拐不了她，還會被她耍著玩。

「為什麼那麼愛喝酒？」只要用「為什麼」開頭，應該就可以讓ATP這種程式跑上老半天。

果然，她偏著頭想了一下，才蹙額顰眉說：「為了遺忘。」

聽起來好憂傷。

還好我一聽就知道，這句話出自聖・修伯里的《小王子》。

為什麼喝酒？

為了遺忘。

要遺忘什麼？

遺忘羞愧。

羞愧什麼？

羞愧喝酒。

那為什麼喝酒？

為了遺忘。

……

　　一二三四，再來一次。真是既可愛又厲害的語言程式，連無限循環的套套邏輯也寫進來了，害我決定再逗她一陣子。

　　「那你知不知道，為什麼GG是圓錐形的？」

　　這次她想了好久好久，才舒展開眉頭：「我知道了，跟龐開赫定理有關吧。」

　　「怎麼說？」

　　「他說任何封閉的三維空間一定源於球胚。」

　　「所以說這世界根本就是個TaMaDe的渾球？」

　　你也是個球，我也是個球，大家都是球？所有的胚胎都是球？

　　「大概就是這意思吧。」

　　鳥蛋啦！上面的叫臉蛋，下面的叫蛋蛋，好唄。

　　「不對不對，GG根本就不是封閉的。而且，」我搖搖頭：「你要怎麼解釋，為什麼GG是圓錐形的，BB卻是長條形的？」

　　「這是拓樸學的問題，還是形上學的問題？」她終於拉開了防禦的陣仗。碰到無法回答的問題，最無可奈何的戰術，就是用另一個問題把它問回去。老師有教過。

　　「你不能把所有無法解決的問題，全推給形上學啊！」

　　JTB大概受不了這麼荒唐的對話，起身去放了首〈請告訴我，難道這種煩惱就叫愛情〉，《費加洛婚禮》開頭那首既優美又戲謔的二重唱。我敢跟你賭一塊巴布，他如果知道我心裡打的如意算

盤，大概會改放莫札特的《後宮誘逃》。

時過午夜，酒吧裡小貓加蒼蠅只剩四五隻。我還在等狄克吹吸傳來進一步的訊息。他已經回到實體界兩天了，這傢伙，該不會在那邊也天天醉吧。

「你喜歡你的工作嗎？」

「工作是用來做的，不是用來喜歡的，好唄？」她說。

「那酒也是用來喝的，不是用來喜歡的囉？」

「那不一樣。」她撒嬌說：「喝酒不是工作。」

「但還是有人把喝酒拿來當工作。」

「你的意思是，把該喜歡的拿來當工作的都是妓女？」

「我的意思是，這世上不會有人喜歡工作的。」我說：「當有人這麼說時，你要小心，他喜歡的其實是工作背後的某種東西。」

「可是，我從沒說過我喜歡或不喜歡我的工作啊。」

算了，你不可能從她的話裡，套問出她的程式是怎麼設定的。她喜歡她的工作嗎？這問題就像問她的性格是怎麼形成的，不可能從她自己口中得到答案的。

「好吧，那我問你，你是由幾個0和幾個1構成的？」

果然，她滿臉疑惑。一副哇啊哉的死樣子。

「你難道都沒想過，你是怎麼來的？」

「沒耶。」

MaDe，「每個人都有來源的，」我說：「而且，那來源，每個人都想知道的。」

「是喔？」

「你想知道嗎？」我提供的可是史上最誘人的形上誘惑。

「好呀。」

「等一下我帶你去一個地方，你就明白了。」

「有這種地方？」

我向JTB擠擠眼，要他跟COM再三掛保證後才埋單。

離去前，我先到廁所內偷偷打了個電話給諾諾教授，那個老
PK。

三、用十隻手指做量子運算

這回來應門的是SOS。她第一眼看到COM，馬上就露出「啊，
我們是同一國的」那種表情。PKN一定又在她身上什麼地方動了什
麼手腳，我猜，諸如人臉辨認程式之類的。才一年多不見，她看起
來成熟好多；雖然嘴唇還是嘟嘟的，但沒先前那麼誇張了。

沒等我開口，SOS就殷勤拉著COM的手往裡走。厚，看著她倆
在前頭晃蕩晃蕩的翹屁股，任何雄性都會有衝上去的衝動。我腦裡
的性衝動程式，當初又是怎麼演化來的呢，怪怪。

客廳裡，PKN正在跟JOS划一種很奇怪的酒拳，像是結合了數
字拳和手語的新玩意，看得我霧煞煞。可以確定的是，PKN大概快
被她灌醉了，滿臉紅通通的，嘴角卻流瀉出煞不住的笑意。

「太正點了，你看，」他抓著JOS的手興奮叫道：「沒有人能
玩贏她的。」

關於JOS那雙神奇的手，我上次早領教過了。她全身上下會彈

出不可思議的視窗，她手指的關節有三百六十度的自由度，她甚至能用舌頭舔到自己的肘關節……現是怎樣？

他搖搖頭：「啊哼，你沒辦法想像，這雙手還能做出什麼事來。」

我只知道，用這雙手來打手槍，不管是左手或右手，所有男人都會早洩的。這不是他當初設計JOS的目的嗎？

PKN忽然念了一串冗長的數字，其中好像還包括開根號、導數和微積分之類複雜的運算；只見JOS的手指飛快地東拗西折掐了掐，隨即飛舞起來；那手勢裡好像有很多數字，也好像有幾句手語。

過了一會兒，JOS才睜開眼說：「答案是42.536，對不對？」

PKN很滿意地點頭。

「什麼42.536？」我忍不住插嘴問。

「那是世上所有問題的終極解答啦。」

「誰說的？」

「道格拉斯‧亞當斯。」PKN哈哈大笑，這才轉頭對我說：「你看，用十隻手指也能做量子運算呢！」

量子運算？他又在工啥小？跟科學家做朋友的最大壞處是，你常常會覺得自己是個大白痴。

「量子運算你不懂沒關係，量子電腦你總聽過吧。」

廢話，每個巴比倫人都知道，巴別塔最頂端的處理器，就是由上百台最先進的量子電腦RRR（Run Run Run）並聯成的。我們都是從那裡進出的啊。

「當初要不是有量子電腦，也不可能建造出虛擬城市的。」

「那當然。但你不知道量子電腦的運算速度，比從前的涂林計

算器快多少倍吧？」

鬼才知道。

我怕他好為人師的老毛病又要發作了，趕忙跟他介紹COM。只要一滔滔不絕起來，他總要講到所有人都有聽沒有懂才滿足。每次喝醉，他兜醬。

果然，他一看到COM就閉了嘴，不，是下巴差點闔不上來。

他瞪著COM好一會，又左三圈右三圈端詳了好一陣子，還東捏捏西摸摸搔搔頭摳摳屁股一下，接著就陷入搜尋舊檔的思考狀態中。

「好像還是沒解決嘛。」

這句話似乎是講給他自己聽的。

COM終於忍不住了：「你說他知道我是怎麼來的？」

為了證明我沒畫唬爛，我連忙提醒PKN：「對啊，上次你不是說，JOS是你從世上十大最性感的女人綜合取樣而來，再經過好幾層數位加工合成的。那她呢？」

「我當然知道她怎麼來的，她發表的那一天我還在現場呢。」PKN搖搖頭：「等等，先讓我想清楚幾個問題再說。」

他逕自開了瓶老海盜，緩緩斟滿了一杯，獨自對著杯口的泡沫發起呆來。我也不客氣給自己倒了一杯，醉茫茫看著眼前的景象，不禁悶哼一聲，苦笑起來。

我到底在幹嘛了我？現成有三個那麼性感的圖形人在眼前，我不搞個轟趴已經對不起列祖列宗了，竟然還研究起她們怎麼來的。神經也該有個款嘔。

過了半晌，PKN才對COM說：「如果我說你是從十大經典A片的女優取樣而來的呢？」

「那跟SOS她倆有何差別？」我連忙向他使了個眼色。

PKN這才起身到他的電腦前胡亂搞了好一會，然後回到COM身旁。他左手伸進她黑到發亮的長髮裡摸索了一陣，突然用右手小指猛地插進她的左鼻孔裡。

然後COM就擺平了。

看ㄅ～，誰會設計出這麼變態的開關？超噁爛的。

接著他把COM翻了個身，雙手掐住她脖子，過了將近三十秒，她的背部竟然浮現出一片顯示幕，要求輸入密碼。

PKN冷哼一聲，召來JOS，交代了幾句，她的十指就在顯示幕上飛舞起來。

「厚～」PKN喘了一口氣，這才端起老海盜，仰頭喝下一大口。

「行得通嗎？」好吧，我承認我有點緊張，好唄。

「如果仍是RSA的密碼系統，應該沒問題……不過要花點時間。」

「要多久？」

「赫，以一個一千位元的整數來說，如果是用從前的電子電腦來破解，大概要幾萬年；但運用JOS的量子運算，大概只要幾分鐘。」

RSA？那又是啥東東？

PKN說RSA加密演算，基本上是建立在兩個巨大質數的乘積上。而要對一個任意極大的數做質數分解，必須用上快速整數因數分解法，也就是彼得‧修爾發明的Shor's algorithm。它巧妙結合了古典數論的技巧與量子傅立葉轉換（Quantum Fourier Transform,

QFT），先用傅立葉轉換來求得一特定模數函數的周期，再運用熟知的輾轉相除法，即可獲得該整數的因數。

真糟糕，上次那個讓我頭痛的國父，又陰魂不散地回來了。而且這次還帶來了出沒不定的量子。

PKN仍意猶未盡：「至於量子傅立葉轉換，你可以把它當作快速傅利葉轉換的量子計算版本⋯⋯」

「等等！」我連忙阻止他，示意他JOS好像完成了。

果然，COM背上的顯示幕已浮現出操作系統來。

「嗯，可以了。」他轉頭問我：「你帶來了嗎？」

毫不遲疑，我把ROM的記憶體交給他。

他又喝下一口老海盜，再度起身到電腦前亂搞一通，終於接上了COM的處理系統，把她原本的記憶蕩落下來，再把ROM的記憶傳輸進去。

「好啦，應該可以了。」他再度轉頭盯著我：「但是在重新啟動前，我要再問你一次。」

啥？

「你，確定要這麼做？」

四、這算綁架，還是謀殺？

我確定要這麼做嗎？

等等，讓我想一下，我到底在做什麼了我？

我的左腦	我的右腦
你想清楚沒，首先，為了幫助ROM逃亡，你已坐了一年牢。	要不然朋友是幹嘛用的。
現在，為了給ROM一副自由的身軀，你，對，就是你，你甚至誘拐、綁架了一個無辜的圖形人。	難道你要她整天躲在暗無天日的記憶體裡，只為了逃避細胞的搜捕？那跟死了有什麼差別？
要是在現實界，這已經算是一級謀殺罪了，哇哩咧。	要是真的有罪，你想PKN會幫這個忙嗎？
再這樣胡搞下去，你遲早會變成專門謀殺妓女的開膛手。	有那麼嚴重嗎？而且我們這次是開背，不是開膛，好唄？
就算圖形人還沒有法定的人權，但也不等於我們對他們就有任意的處置權。	就當只是借用一下她的身體嘛。當初我們不是跟PKN商量過了嗎？
他說不管SOS或JOS都還不夠成熟，還不能借用。	結果我們借到的是更不成熟的官方版本？
對啊，剛聽他的口氣，好像COM身上還有什麼問題還沒解決。	不管了，至少目前COM在巴比倫還可以通行無阻。
如果說，我的手沾滿了蚊子的鮮血……	但那些血都來自你的身體……

那能說我是劊子手嗎？	那只能說你是打蚊子高手。
還是先弄清楚點比較保險吧。	MaDe，像你這樣猶疑能幹得出什麼屁事來。

　　算了，我決定不理這兩個寶貝蛋。狠狠喝下一大口海盜，我跟PKN說：「你確定不會有人把她當妓女就好了。」

　　「放心，我剛剛已經把她的身分改掉了。她現在的生命層級跟你一樣，除了不能像你那樣，想離開這裡時，隨時可以回到現實界。」

　　「那就啟動吧。」

　　「其實我擔心的並不是這一點。」

　　「會有什麼問題？」

　　「你知道人的性格是怎麼形成的嗎？」

　　看ㄅ～，這根本就是屬於「你問我我問誰啊」的問題。

　　「當初我會跟他們大吵一架，離開我一手創立的工作小組，就是為了這個技術問題。」PKN緩緩說道：「我們寫不出穩定的、完美的性格程式。」

　　第一次，我看到PKN永遠醉醺醺、笑文文的臉上，閃過一絲遺憾、甚至是哀傷的神色。

　　「如果是傳統的電子電腦，像涂林計算器那種基礎的，我們早就可以寫出死硬的性格程式。但是，第一，那不是人；第二，那種

電腦根本就無法處理圖形人這麼複雜的運算。」

　　糟糕，我又讓他打開話匣子了。我得準備好隨時把酒瓶插到他嘴巴裡，免得又讓自己覺得是個大白痴。

　　「但是量子位元有個很麻煩的問題，好像永遠無解。」他從量子論當初發現量子疊加狀態的干涉特性說起：「因為量子疊加的特性，會產生量子平行和量子纏結的現象。量子電腦能夠這麼快，就是量子平行的功勞。你只要準備N個量子態，就能得到2N個運算結果。」

　　那量子纏結又是什麼東東？

　　他說量子纏結是指兩個以上的量子系統間，存在特定的、非局域性的關聯，因而使得某些物理量無法由單一或少數的系統獨立決定。就像科幻電影裡一個東西可以在這裡消失，卻在遙不可及的另一端出現那樣；這也正是讓愛因斯坦對量子論嗤之以鼻、拂袖而去的關鍵。

　　「愛因斯坦至死都無法信服量子論。」他酒杯都已經空了還說：「其實這可以用數學上的希爾伯特空間來解釋。雖然地理上分隔兩處，但是在希爾伯特空間裡，這兩處卻早已因纏結態而相鄰；只要經由兩地實驗者的合作與同意，任意的量子態便可隔空遠傳。」

　　他嘆了一口氣：「當初要不是有希爾伯特將平面幾何推向無限維度的空間，愛因斯坦的相對論也不會發展得那麼順利。沒想到他老兄最後還是卡在希爾伯特空間裡出不來。」

　　PiLa，PiLa，他的意思是說，我現在只要放個屁，就可以讓遠在仙后座上的某個仙女聞到嗎？

「但是你首先要讓這個屁轉成量子態啊！」他堅持道。

登登，我大腦皮質有幾個地方好像又亮起來了。

奇怪捏，每次聽到量子論，我的大腦皮質好像就特別活躍；就像每次談到古典哲學，我的GG就特別興奮那樣。我身上一定有某些地方的連結不太對勁，我猜。也許我的GG跟比較遠古時期就發展出來的延腦，關係比較密切。

此刻我想起來的是奇士勞斯基的電影《雙面薇若妮卡》。法國有個薇若妮卡，波蘭也有個薇若妮卡；兩個一模一樣，連名字也一樣。她們從來沒見過對方，只曾經在華沙的廣場錯身而過。可是雙方好像總是能隱約感覺到對方的存在。波蘭的薇若妮卡死了，巴黎的薇若妮卡不知怎地也傷心了起來。

哈哈，原來她倆是被困在希爾伯特空間的薇若妮卡。

我好像有點了解什麼叫量子纏結或量子糾葛了。

也許那是一部被誤解了幾百年的電影。奇士勞斯基想講的也許就是人生的量子態。

不過這種骨董級的電影，我敢打賭這老PK一定沒看過。我正想跟他發表我的量子影評，不料他忽然意味深長地說：「現在你該知道，我為什麼要同時弄兩個圖形人來實驗了吧？」他指指SOS和JOS：「就算到現在，關於量子纏結，我們還是有很多不懂的地方。而她倆，正是用量子電腦處理出來的圖形人，世界上還有比這更好的研究對象嗎？」

這麼說，SOS和JOS就是巴比倫的薇若妮卡囉。

「那你還需要COM嗎？」我還以為，他想研究的是從COM身上蕩落下來、那些A片式的工作記憶咧。

　　「其實我答應幫你處理COM，也是為了我自己。」他說，「我想知道他們的研究進展到什麼程度了。沒想到好多該解決的問題都沒有處理。」

　　「那COM能幫你什麼忙？」

　　「如果你重新啟動COM，至少我可以觀察ROM的記憶會對她的行為、性格產生什麼影響。」

　　「你啟動吧。」我說，順手放了首馬斯奈的詠嘆調〈為何將我喚醒〉。

　　他在COM的肚臍上按了一下。

　　奇怪捏，為什麼要關掉她那麼困難，要啟動她卻那麼容易？

　　我正想問，卻只見她緩緩張開眼睛。

　　「嗨。」我說。

　　她坐直了身子，看了看四周，皺了皺眉頭，第一句話是：「你去哪裡給我弄來這副身軀？」

　　靠～，我……我總不能跟她說，這是從十大經典A片取樣來的吧？

　　她的第二句話是：「好渴，給我一杯酒。」

　　直到她講出第三句話，我才確定ROM已經進入COM的身體了。

　　她說：「我可以換掉這身衣服嗎？」

　　MaDe，果然是不折不扣的女人。

　　背景音樂正轉為《波希米亞人》的〈你的手為何如此冰涼〉。

　　「你想換什麼衣服都可以。」我不曉得現在是否該告訴她，圖形人有無限多的樣子可選擇。而她，她，已經成了圖形人。

　　換女警服啦。最好是。

五、來自實體界的消息

我們回到家時都已經快天亮了。WCY一看到我還是興奮得撲到我身上。

「汪汪，你又喝醉了厚。」牠光汪汪聲就有三十幾種不同的腔調和表情。有這麼雞婆的管家狗，有時還真的滿頭痛的。

「汪汪，哪有啦。」我說：「你還在等我幹嘛？」

牠沒理我，逕自瞪目盯著COM，不，ROM瞧。那神情，既迷惑，又興奮；好像是已經十個月沒性生活的小公狗，正奇怪哪來這麼性感的香味。

我擔心的是，圖形狗會不會被圖形人變幻莫測的味道搞到神經分裂。

「汪汪，你有一則視訊留言喔。」

好寶貝，我立即衝進屋內。果然，是狄克吹吸的。DDT這老小子，竟然把他的工作流程盪落下來，並壓縮成視訊檔傳來。

「哈囉，別管我，我想我們有麻煩了。」他看起來好像坐在某家酒館的吧枱角落，舉目所及，杯觥交錯。

「啊，就是這裡。」ROM驚呼道。

「昨天我查過戶政資料了。你知道嗎，沒有，」他深深吸了一口氣：「連一筆ROM的資料都不見蛋。」

「也就是說，我要找的可能是個不存在的人？」

我跟ROM面面相覷。

「但是她那些記憶好像又不是隨便唬弄的。」他喝了一大口生啤酒：「我循著她的記憶找到這裡，才剛問過那個酒保。」

吧枱內，有個八字鬍的中年人，正忙著拉啤酒、招呼客人。

「嗯，就是他。」ROM插嘴。

「他說他當然認得她呀。他要我等等看，也許她的朋友晚點會過來，到時候再打聽看看囉。」

然後就看他一直在喝酒一直在喝酒。

那是家很典型的德式酒吧，用木頭裝潢得好溫暖。靠牆是個大開口的馬蹄鐵吧枱，枱面好寬好舒服的樣子，木紋烤漆亮到可以折射杯影，連裝飾用的銅環銅管也都擦得亮晶晶，讓人看了就很想喝酒。

也許是因為周五晚，人聲雜沓，煙霧繚繞。吧枱內除了那個老酒保，還有個繫紅領結黑圍裙的女服務生。她綁了馬尾，右肩披著好長一條潔淨的白巾，一得空就一直擦杯子一直擦杯子，好像酒杯上的水漬跟她有仇，擦完還要舉高對著燈光檢視一番，才歸回掛杯架。

「你好，我叫Catherine，再來一杯嗎？」她很有禮貌地過來問，笑容仍帶著學生般的稚氣。

DDT再點了一杯酒精濃度略高的Doppelbock，好配他的Montechristo No. 4，他最愛的雪茄。

酒館裡的客人看來多是白領的上班族，從二十幾歲到四十幾歲都有。坐辦公室的人全都有個奇怪的特徵，那種被工業社會馴化過幾百年的氣質，總是很輕易就從他們臉上流露出來。當然啦，他們也有歡笑、也有悲傷，但每個人額頭上似乎都寫著「不用期望我啦，反正你也知道，我不過是個上班族，啊布蘭妮要怎樣」那幾個字。

DDT身邊坐了三四個年輕人，好像剛加完班，正興奮地談著手上沒做完的案子。

「問題可能出在你上次修剪的那段基因。」方面大耳的大個子說。他年紀大了一點，像是這個小組的頭頭。他連鼻頭也好大一顆，至少比一般人大了兩倍，大到都可以剪下來當門把了。

「也許吧，」戴眼鏡的小個子附和道：「不過我在想，會不會是轉化酶的量多了點？」

「對於成形的物種，只要改變一點神經傳導物質的量，就足以帶來蝴蝶效應。」大鼻頭說：「但是就基因的尺度來講，我們現在最重要的，還是先找到決定性的關鍵物質。」

嘩！偉哉斯言。聽起來果然像是高幹最常掛在口頭上的空話，聽得我昏昏欲睡。雖然搞不懂他們在講啥碗糕，大致也猜得出來，這票人應該是某個實驗室的生物科技新貴。

可是我的眼皮愈來愈沉重愈來愈沉重，眼前就只看到DDT一直在喝酒一直在喝酒。

接下來好像是ROM慢慢褪去COM那件罩衫，一股魅惑的香氣襲了上來。

「你不把DDT的視訊留言看完啊？」我說。

「我在看啊。」

我終究還是閉上了眼睛，感覺COM的身體好近好近，可是奇怪，ROM的聲音卻好遠好遠。

「好累。」我嘆了口氣。好像有一團軟綿綿熱呼呼的東西壓了上來，怪怪，我的GG這次卻很爭氣地興奮了起來，就像他每次聽到柏拉圖三個字那樣。

我的GG	我的大腦
阿娘喂，這會不會太刺激啊！	你爽個屁啦，你剛剛沒聽DDT說，搞不好你是要跟一個不存在的人做愛。
不存在？連不存在都可以做，那不是太屌傲了。	如果連不存在的對象都可以做，說不定你也是不存在的。
會不會想太多啊？現在是討論齊克果的時候嗎？	就一根以追求最大繁殖量的工具而言，你真的不愧是我盡責的好GG。
A，先生，你今天很囉嗦A。我都快脹死了，你還一直講一直講。	問題是，你知道你現在抱的是ROM還是COM嗎？
哇啊哉。這兩隻我可都沒經驗。	那怎麼辦？萬一等下駁過頭，我該叫的是ROM還是COM的名字？
現在應該是ROM在主控吧。	話是沒錯，可是你怎麼知道COM的身體到時會不會有什麼過激的反應。
這倒是個問題。萬一你叫錯名字，COM一氣之下把我扭斷就慘了。	要不然你先去問一下她的BB好了。
這我不敢。萬一她翻白眼給我看，你不怕我當場就軟掉喔。	看ㄅ～，怎麼會有你這麼chicken的GG？

110

MaDe，爽都是你在爽，工作都是我在做。

現是怎樣，你是要跟我討論工具理性的問題嗎？

一根好逸惡勞，又臨陣退怯的GG？

看來我該找個時間，好好寫封抱怨信給超感晶片公司。就算還沒去update，也不該受到這種待遇嘛。

這只是一場未完成的春夢，我在夢中告訴自己。但我想我是被我的GG氣昏的，不是自己累到睡著的。

六、先把肚子搞定再說

等我醒來時，她還盯著我瞧。

「幾點了？」

「快傍晚了。」那對疑惑又神祕的眼神，害我忽然毛骨悚然起來。COM的身體，會不會有天忽然發覺真相，對做夢的我下手報復呢？譬如說，在ROM醉後無法控制身體的時候。

「你把DDT的留言看完了？」我差點忘了圖形人是可以不用睡覺的，如果不啟動休眠模式的話。「後來他有等到你朋友嗎？」

「來的是我爸爸。」

「啥？」我從床上一躍而起，「那不就真相大白了？」

「可是他對DDT說，他不認識我。」

「什麼？」我又躺了下去。但這次是完全醒了。

DDT看過她所有的記憶，當然認得出她老爸的樣子。

「嗯，他說他有注意到我爸驚惶的眼神。他說他會再查看看。」

MaDe，現在是從尋人啟事演到父女不相認的家庭倫理大悲劇是不是？

我讓視訊留言快速跑一遍，果然看到她老爸。他唇上仍蓄著短髭，頭髮卻已斑白，跟那群科技新貴打招呼時，帶有濃濃的口音。那腔調，冷冷的，聽不出任何情緒的起伏波動。

我跟ROM面面相覷，不知道該說什麼好。事情總是在你不注意的地方演變，等到你驚覺時，往往已認不出原來的面貌了，就像我的消化排泄系統每天所幹的好事那樣。

「好餓。」我抽完起床菸後終於打破沉默：「先去吃飯吧。」

碰到一時無法解決的事情，最好的方法是先痛痛快快吃喝它一頓。

這可是我倆認識以來，第一次，我可以公然帶著她，在巴比倫四處溜達，不必擔心AVP的追捕。

她已經學會了操作COM身上那套CCC變裝系統（Cosmetic & Costume Change）。她挑了件酒紅的小禮服，好像一時還擺不脫COM的影響，對著鏡子，顧影自盼了好一回，還不時問好看嗎好看嗎。

女人。

我忽然懷念起那張左頰有道小刀疤的臉龐來，無來由地。

到底是誰在主宰著我眼前的這副身軀啊？

那個老是一襲帥氣白襯衫搭緊身長褲配馬靴風衣的ROM，以後大概再也看不到了吧，我想。

出門時，WCY一直狐疑地嗅著她，她剛挑的是奧黛麗·赫本在第凡內晚餐的體香。嗅了好一會，牠才心滿意足交代我：「汪汪，不要喝太多喔。」

外頭，華燈初上。晚秋的天氣，離離落落的行人。我們沿著巴別塔大道旁的精品街逛去。櫥窗裡全是第一代的圖形人模特兒，或搔首弄姿，或忙著褪衣換衫，偶爾還會撩起裙子光著屁股嘲笑你一下。其實就算她們脫了個精光，也沒啥人在意，現代人對這些舊時代的煽情花招早就司空見慣了。

我挑了家法式花園餐廳食海無涯（La Mer Sans Frontier, MSF），可以抽菸的。想到從前的人為了爭取抽菸權，關的關，死的死，逃的逃，就覺得手上這根菸愈發珍貴起來。最可憐的是上個世紀的小說家，據說他們在寫到菸時，都要附加一句「吸菸會殺死人」；寫到酒時，也要「喝酒過量有礙健康」一下，而且字體要比內文大兩倍咧。

喝水也會嗆死人哪。難道喝水過量就無礙健康嗎？還好在巴比倫，沒聽過菸會燻死人這回事。

傳說宇宙盡頭有家餐廳，裡面的牛都是自願被人宰來吃的；但跟這家毫無止境的Sans Frontier比起來，那只能算是小咖。我直接來到鋪著白色海沙和鵝卵石的池邊，搖醒一隻正在打盹的海龜，跟牠研究怎麼料理才好吃。

「做湯，做清湯最棒。那些死老外不懂的。」牠瞇著小眼，看起來已有點智慧的樣子。

「可是你那麼大一隻，我們才兩個人咧。」我說。

「那更划算，你點一龜兩吃，才加兩百，就可以再來道菌菇楓糖佐芥香醬汁，比中國人紅燒的更屌。划算吶。」

「你說了算。」

「對了，吃完這道，你不要忘了點三色Sorbet，先用冰沙漱漱口，再上主菜。那些死老中不懂的，老是急著吃舒芙蕾。」

我們互相交換了名字，牠說牠叫大龜頭（Grand Turtle Chief, GTC）。我很慎重地在牠背上用甲骨文簽了名，牠也很慎重簽好遺書，說要把殼捐給我占卜，還交代了一些後事，才一步一步爬向廚房。

轉過海鮮池就是海魚園，最前沿、競爭也最激烈的就是著名的PK區（Pick & Kill Area, PKA）。裡頭的魚一看到有人來，都紛紛跳起來嚷著：「選我！選我！」「我啦！我啦！」不用說，我選了尾又肥又跳得最高的地中海魴魚，吩咐牠要塞入蟹管，再撒上馬卡龍尼焗烤；然後牠就很高興地游進廚房裡去了。

我跟酒侍要了瓶Chalk Hill，加州灣區索諾瑪的夏多內。「來法國餐廳點美國酒，你很勇敢喔。」他邊開瓶邊說。這酒已經七歲了，色澤正要從黯金黃轉為琥珀。才倒了一小杯要試，酒瓶就迫不及待開口說：「先生您真內行，裝瓶那年，我們在葡萄酒年鑑上的評價高達九十五分捏。」

ROM一旁看得目瞪口呆：「巴比倫變化真快。」

才剛說完，一大盤海鮮總匯已落桌。裡頭有生蠔、扇貝、宮貝和一堆奇奇怪怪叫不出名堂的有殼類。還好，牠們都已冰鎮過，要不恐怕早就七嘴八舌吵成一團了。

「我們經理看了你點的酒水和菜單後，說這盤要招待你們。祝

你們用餐愉快。」繫白圍裙的服務生恭謹地說。

對嘛，就是要這樣用餐才會愉快嘛。

ROM只是沒看到我剛剛點菜時偷偷塞出去的小費而已。

我揀了顆直徑六七公分的扁身圓蠔，趁牠還昏迷不醒時就著海水入口。哇，果然是法國貝隆四個0那一級的，還來不及享受入口那一剎那舌尖的檸檬香，就已經被後面洶湧而來的海之味淹沒了。那爽脆的口感，濃烈甘郁的滋味，一波又一波在口腔內爆開來，好像牠生前吃過的海草、海藻、海鹽、海中浮游生物都一層一層還原開來似的。接下來，我的口舌唇齒全愣在原地，嚇得動彈不得；連我的手都提不起勁去端眼前那杯酒來喝。

等了足足十分鐘，我才喝下今晚第一口酒。還好，酒還沒完全清醒，先醒來的是水梨和蜜桃的清香，這時候配生蠔最讚了。至於陳年夏多內那股濃得化不開的奶油蜂蜜香，不知道還躲在哪做夢咧。

我忍不住猛力搖起酒杯來。

七、今晚，還是忘掉達爾文吧

ROM一直用COM那對神祕的眼睛望著我。那好奇的、期盼的、渴求的、矛盾的眼神，一直沒變。

「你還好吧？」她疑惑著問。我要她也嗑一顆貝隆。

果然，她也杵在那裡，久久說不出話來。

別管我說的	記得我說的	別管我心裡想說的
怎麼樣，很讚厚。	現實界裡的貝隆生蠔，就是這個味道嗎？	靠～，想不到圖形人不僅有交感神經元，還配備了鏡像神經元。
很接近了，可是虛擬的生蠔，最大的缺點是每一顆味道都一樣。	巴比倫的進展，會不會太快了？我們當初進來時，根本不是這個樣。	PiLa，現實的生蠔會讓你GG硬邦邦的，虛擬的行嗎？
你可以想像巴比倫接下來的發展嗎？	接下來，應該會陸續有很多巴比倫出現吧。	MaDe，又在用憂國憂民把妹了。吃飯就吃飯，一定要搞成胃潰瘍嗎？
那你覺得人類掠食的天性，會因為我們不虛擬就不會在巴比倫出現嗎？	你是問達爾文演化的壓力會不會在巴比倫出現吧？	你搞錯了啦，不是不去虛擬，是在虛擬的同時，就已經植入掠食的天性了。
有可能建構一個沒有達爾文陰影的世界嗎？	當初我們實驗時是這麼想的啊。	要是沒有天擇的壓力，你還會想把妹嗎？
為了爭取有限的資源，接下來……	接下來巴比倫A會跟巴比倫B結盟，共同對抗巴比倫C和D。	接下來你根本就想把她給尬了，還接個屁啦。

116

所以互相毀滅和互相合作會不斷在歷史上循環？	反正不是鷹派得勢，就是鴿派佔上風。	嘿，她也懂得新達爾文主義那一套機率的算法耶。
那你呢？你是鷹派還鴿派？	我到底是誰，都還沒搞清楚說。	什麼鷹派鴿派，哇哩波士頓派咧。
說真的，你滿意現在這副身體嗎？	先將就著用吧。怎麼，你覺得太妖豔了嗎？	少來了你。哈那麼久了，還給我裝正經。

　　我們邊嗑邊聊，才嗑完一盤海螺海貝，就嗑得我的胃涼颼颼的。幸好海龜湯跟著就上來了。

　　可是碗裡卻沒了龜影。

　　「哇咧大龜頭咧？」他們大概怕我覺得噁爛先撈掉了，我想。

　　一隻自我犧牲的海龜，牠存在的目的就是為了讓我好好吃掉，這可不是達爾文能料到的世界吧？

　　我喝了兩口海龜湯，一個可怕的念頭卻忽然出現在我腦海。

　　達爾文想不到的可能還多著呢。

　　我的胃開始熱了起來，我的背脊卻涼了起來。

　　我想到的是，說不定，我眼前的這一切，早就安排好了。

　　「這個、那個，」我說：「也許……我說也許……也許你是我買來的。」

她哈哈大笑起來。「你瘋了啊，貝隆的生蠔效力有這麼強嗎？」

　　「說不定，他們有提供這種服務。」

　　「他們是誰？」

　　「經營巴比倫這個虛擬實境的公司啊。」

　　「你有什麼證據？」

　　「沒有。目前只有你的身世是個線索。」我反問她：「但你想過沒，為什麼我一直在這裡？」

　　「是你自己說你不喜歡那個世界，所以才來這裡縱情隨欲的，不是嗎？」

　　我聞了一下杯緣，快出來了，夏多內那股TaMaDe蜂蜜奶油香：「其實沒那麼簡單，我一直賴在這裡，是因為這裡還有許多我們不了解的東西。」

　　如果你想了解什麼，總不能像觀光客那樣，來蘸個醬油就走啊。

　　「譬如說？」

　　「譬如說，你知道數位的世界會把我們帶向什麼地步嗎？」

　　「嗯，我只知道在那個實體的世界裡，死亡是唯一確定的事；在這裡，卻還不曉得該怎麼定義死亡。」

　　「然後我很可能就傻傻地跑去跟他們說，給我一個身分，我要買一段精采的冒險，給我一段最難忘的經驗。」

　　「你有沒有這麼做，你自己會不知道嗎？」

　　「就算我做了，為了逼真，他們還是可以在我同意之下，先把我這段記憶刪掉啊。」

　　「然後他們再安排你遇見我？」

「嗯。」

「照你這麼說，你那些朋友，JTB、PKN、DDT都是他們安排好的囉？」

「那倒不一定，有些事是進來後自然就會發生的。」我忍不住先喝了一口，愈來愈濃的水梨味，快出來了：「他們愈是弄得虛虛實實，你愈會信以為真。魔術師都是這樣搞的，不是嗎？」

對，就是這樣。然後等到冒險結束了，或是時間到了，就會亮起BeeBeeBee的紅燈，Game over! Game over! 如果你還不甘心，就要再投十塊錢代幣。

「那你是從哪裡發現破綻的？」

「也許不應說是破綻，是你太完美了。」我深深吸了一口氣，像小學生求愛那樣：「是你讓我覺得，你是我最完美的另一半。」所以我才會一直投代幣，一直堆高賭注，對不對？

她的耳根竟然紅了起來。「這有什麼不對？」

「世上哪有這麼完美的事。」我說：「不管我講什麼，你都懂。這還不夠奇怪嗎？」

「你懷疑我是你的鏡像？」

我懷疑我是在跟自己說話啦，哩咧。

登登。不會吧，難道坐在我對面的就是巴比倫的薇若妮卡？

也許卡爾・榮格真的說對了，我愛上的只是我的阿尼瑪斯原型。

她嘟起了嘴：「那我從現在開始耍白痴，醬你滿意了吧？」

「要弄清楚這整件事的真假，關鍵還是在你的身世上。也許你是他們憑空製造出來的，才會有這些記憶的破綻。」

MaDe，在一個虛擬的世界談真假，會不會有點太那個了一

點。

她皺起眉頭，偏頭想了一會，忽然噗哧笑了出來。

「看ㄅ～，差點被你耍了。」

「怎麼說？」我興味盎然注視著眼前這個不知是真是假，卻又那麼可愛的小精靈。

「照你這麼說，你也有可能是我買來的啊。你一直待在這裡，說不定就是為了當我的玩伴。」

對厚，我怎麼沒想到。有時候我真的是太沙文了一點。光這一點，我那根很在意對方高不高潮的小GG就比我強多了。

也許我只是一段虛擬公司製造出來的記憶，用來配合她在巴比倫的青春冒險奇遇，這也說得通啊。

問題是，如果我是這樣，我會產生剛剛那種推論嗎？

湯還沒喝完已涼了。服務生端來了兩盤好精緻的骨瓷，一掀開蓋，濃濃的芥香撲鼻而來；菌菇經過楓糖烤漆，閃閃發光。我好像看到老朋友那樣，不禁懷念起剛剛還一再叮嚀我的大龜頭。

「你不要忘了點三色Sorbet哦。」牠臨別前還再三叮嚀。

自願獻身的妓女，或自願被吃的海龜，真的可以讓這個世界不那麼達爾文嗎？

算了，我望著眼前ROM和COM的綜合體：「不管怎樣，還是等DDT進一步的消息再說吧。」

我們能做的，就像貝克特說的，只有等待。

我再聞了一下杯口，MaDe，那股蜂蜜奶油香就快爆出來了，真的。

第四章／請借身體一用

一、機械論者的早餐

我醒來時，她還在鏡前顧影自憐。

最先醒來的是意識：我在哪裡？→現在幾點了？等到四維座標都定位好了，我的身體才慢慢從癱瘓下蠕動起來。

照例，我按下床頭的叫床鍵。今天放的是馬勒的《復活》，一股將近四十赫茲的低頻，立即自四面八方席捲過來。陰沉的脈衝波，不僅捲起了褲腳，也觸動了床頭的早餐服務感知器（Breakfast Service Sensor, BSS），一股電流立刻以近乎光速衝向屋外的虛擬農場，用電子咕咕鐘叫醒一隻待產的虛擬母雞。母雞一受驚，振翅拍了三兩下，嘓嘓產下一大顆橢圓飽滿的雙黃蛋。雞蛋下降的虛擬重力，引發了自動篩洗包裝設備，經過一番洗禮如儀，最後將蛋裝進膠囊，填入真空傳送器裡。咻的一聲，雙黃蛋來到我的虛擬廚房，煞車裝置爆開了膠囊，將蛋彈射入空中；同時槓桿連動裝置擊發了在旁伺機而動的手槍，塑膠子彈正中蛋殼，讓蛋清和蛋黃一同掉入下方的自動搗蛋機裡。彈開的彈殼不偏不倚撞倒了骨牌，骨牌隨即兵分兩路，一路立刻擠壓瓶塞，讓橄欖油依定量流進電子煎鍋；另一路則沿路玩了三十秒，才觸動搗蛋機，讓蛋漿淌進預熱好的鍋裡。沒多久，莫札雷拉起司條傾盆而下，虛擬熱能則讓鍋體扭曲變形，把蛋漿捲成了蛋包。才剛熄火，平底鍋利用吊輪裝置，一個後空翻，將蛋包甩進等候多時的餐盤中。餐盤因重量增加而下壓，擠出一顆小鋼珠，引領盤子沿著軌道前進，還一路撞開鹽巴、胡椒和迷迭香罐。直到出了山洞，穿過斜張橋，爬上小山丘後，小鋼珠才掉入螺旋軌道中，像坐雲霄飛車般，一路叮叮咚咚，回到了

出發點；我的蛋包也搖搖擺擺，攤在金碧輝煌的骨瓷中，來到了床前。

ROM目不轉睛，怔了好一會。「是不是還要來一杯咖啡？」

「好。」我正要按下咖啡鍵，她連忙揮手阻止我：「這到底是什麼東東？」

「去年在跳蚤市場買的骨董，全名叫做全自動超新鮮現生現煎蛋包調理系統，簡稱蛋包機（Automatic Omelete Machine, AOM）。」

「骨董？不過就是盤蛋包，有必要搞到這麼複雜嗎？」

「那可是個讓人懷念的年代。」

「懷念？」

「或者說是憑弔吧。曾經有那麼一個時代，一個因果律主宰一切的時代。」因為這樣，所以那樣，所有的事情都那麼條理分明。事物會呈現這樣的狀態，很簡單，只是因為有那樣的原因。如果有什麼我們不明白的，只是還沒找到原因而已。「拉普拉斯說，假如你能夠知道任何一個時刻所有自然界中作用的力量，以及所有組成宇宙物體當下的位置，就能夠理解世界上最大物體的運動。」

他說沒有什麼事情是無法確定的，無論是過去或未來，都像當下一樣清楚。結果搞得科學家跟中古世紀的神學家一樣，都在忙著找第一因。

二、被因果律設定好的腦子

　　「你聽過永動機嗎？」我說：「一種裝置。只要系統內消耗的能量，永遠等於它自己製造的能量，就可以一直讓它做功。」

　　「那不是機械主義者的神話嗎？」

　　「用女性主義者的角度來看，你也可以說那是父權想宰制一切的象徵。」

　　唉，如果有性愛永動機，就不用每次都拚得大粒汗小粒汗了。

　　「你又在胡扯爛了。」

　　「不，你知道歷史上有多少人投入這項發明嗎？連達文西都迷戀過咧。」

　　「那不是違反了能量守恆定律？」

　　「也違反了熱力學第二定律。」

　　「對呀，做任何功總是會有廢熱，讓耗能大於產能。」

　　「問題不在於永動機的不可能，而是為什麼有那麼多人會投入這個不可能的想法。」

　　「為什麼？」

　　「因果律，都是因果律在作祟。」

　　「怎麼說？」

　　「因為我們的腦子，早就被因果律設定好了。」

　　「你是說我們口中的理性，都擺脫不了因果律的影子？」

　　「對。」

　　「但你也可以說，因為世界是照因果律運行的，我們的腦子只不過是反映世界的實況啊。」

　　不能這樣想啦，這樣，豈不是又回到從前唯心論唯物論吵不完的時代。至少我就不相信，蚜蟲的腦子也有設定因果律。

　　「我寧可懷疑，因果律，跟宗教感一樣，都是演化出來的。至少你不能否認，因果律是普世的，而且是我們生存的利器。」而只要是有利於生存和繁殖的，新達爾文學派都會講出一套演化的因果觀，不是嗎？

　　「你是說，因為我們只能用因果律認識這個世界，才會有那麼多人想找出第一因？」

　　「問題就在這裡囉。假如在因果律之上，存有一條世界構成的法則或運行的原理，而這條原理，卻是跟因果律不相容，甚至悖反的呢？」

　　「你是指那些跟常識不符的現象？話說回來，假如世界的真相是這樣，我們被因果律設定好的腦子，有可能認識或發現那條原理嗎？」

　　「最早是演化論推翻了設計論，我們先是不再相信，人是像鐘錶那樣依目的打造出來的。然後相對論翻轉了人們原有的時空觀念，緊接著，量子論又讓速度和位置都無法同時確定。」

　　最慘的是量子論還不能結合相對論，給這個世界一個完美的解釋。現在量子論可以完美地說明電磁力、強作用力和弱作用力了，可是，「最麻煩的還是重力……」我對著眼前的蛋包發呆：「還有時間。」

　　「那你說是時間帶來了因果？還是因果產生了時間？」

　　也許它們只是一體的兩面。

　　「你會因此就相信弦論嗎？」她說：「那無法用實驗證明、卻

可以用數學解釋的弦論？」

「除非你先相信，數學先於世界的真理。」這下換我反瞪著她：「你相信單靠數學就可以解釋這個世界？」

「那倒也不是不可能。科學史上多的是數學先於實驗的例子。」

我搖搖頭。MaDe，也許畢達哥拉斯和柏拉圖早就料到了，這世界之外，真的有一個對應的理型世界；而要了解那個世界，數學是最好的金鑰。雖然現在早就沒人信仰這麼離奇的理型。

「但是你不要忘了，哥德爾曾經從羅素悖論發展出一條定理。他說任何夠複雜的數學系統，必定會包含一個明顯為真的陳述，但不能在系統本身中證明。」

算了，也許弦論只是PKN的自言自語。我們一定要引進一個多維的微觀世界，才能解釋巨觀的四維世界嗎？現在的物理學，一定要搞到大家都在那裡比想像力嗎？

「其實，」我故意逗她說：「我們現在最重要的，是先確定你的存在。」

「對呀，」她對著鏡子，半晌才悠悠說：「DDT已經好久沒訊息了。」

看ㄅ～，總是這樣，我總是在最恰當的時候冒出最不恰當的話，而且效果總比在不恰當的時候冒出不恰當的話還糟糕一百倍。在這個美好的早晨，在我從好長好深而且沒有任何餘夢殘留的睡眠醒來後，在我許久不見的虛擬日光從窗口迤邐進來時，在我全身精力飽滿蓄勢待發的GG硬得直催我快去尿尿之際，我卻惹得她感傷起來。

　　如果我估計的沒錯，最遲，今天應該就可以收到DDT進一步的訊息。這傢伙這幾天不曉得又喝到哪裡去了。對於ROM那被自己父親否認的身世和謎樣的生死，最近老是讓我想到量子論發展初期，關於雙狹縫實驗的哥本哈根解釋。那裡面，好像暗藏著動搖因果律基礎的線索。

　　我望向窗外，大好的晴天。風微微拂過樹梢，撩落下幾片紅透的葉子。巴比倫最自豪、也最讓我受不了的是：連天氣也要模擬現實的世界。上次突然虛擬大地震的時候，還害我差點剉賽咧。

　　我搖搖頭，嘆了口氣：「我們還是出去走走吧。」

　　WCY一看到我們要出門，一跳就撲進我懷裡。

　　真的是，沒看過這麼愛撒嬌的獅子狗。

　　「汪汪，你們要去哪裡呀？」

　　「去動物園找你朋友啦。」

　　「汪汪，人家也要去。」

　　你看過滿臉皺紋的小獅子狗搖尾巴裝可愛的樣子嗎？對，就是那樣。

　　「好啊。」

　　這下反倒是牠不可置信地望著我。身為脊索動物門哺乳綱的同類，有時我反而不曉得該怎麼跟牠溝通才好。雖然牠是整個生物界裡唯一會把我當作同類看待的物種，但我實在搞不懂，牠到底是把我當成狗了，還是牠把自己當成人了。

　　其實說真的，要不是前一陣子ROM還擔心細胞的追捕，要不然，一個虛擬的家有啥好看顧的啊。

三、依演化論打造動物園

巴比倫的動物園，坐落於西南角，可能是虛擬世界最大規模的工程之一，至今尚未完工。全園依照達爾文的概念打造，呈樹狀結構放射出去，但也因為總是缺了一些失落的環節，完工依然遙遙無期。

入口處的廣場中央，豎立著一座巨大的銅雕，是用DNA的分子模型構成的雙螺旋問號。廣場上每塊地磚，都刻有一句歷來名人對生命的省思；諸如：

「生命一旦開始發展，就會掩蓋其過去的足跡。」

「胺基酸連蛋白質都談不上，更別說是生命了。」

「既然不住在樹上，購屋就是合理的演化方向。」

「每塊大理石都蘊藏著美麗的雕像。」

還好，我沒看到像「生命的意義在創造宇宙繼起之生命」這樣武斷獨裁的磚頭。好裡家在。

廣場四周，錯落著幾部教學示範用的生命創造機。只要按個鈕，創生機就會將生命的起源全程演練一遍；但由於生命的起源還沒有一定的推論，每部機器的內容並不相同。例如「電擊說」這部，裡面是碗太古濃湯，一道閃電，就足以讓細胞質開始演化；而在「撞擊說」裡，則要動用到宇宙元件如彗星和隕石來撞擊地球。最後在「外來說」裡，甚至找了外星農夫前來播種。難怪至今仍有人不斷宣稱他們遭到外星人強暴，大概是負責前來收割的外星農夫幹的好事。

「為什麼演化論中有那麼多失落的環節，人們還是會相信

它？」ROM忽然問道。

「我們相信演化論，就好像我們看到數列一樣，」我搔搔頭說：「你不必看到所有的數字，就能推斷其中漏列的數字，不是嗎？」

「但所有創生機的環境條件都不一樣，到底要相信哪一台的說法？」

「你是問生命是源自於單一的環境，還是數個不同的環境？」

「說不定不同的環境，也能產生近似的DNA。」

「更可疑的問題應該是，生命只能有DNA這種形式嗎？」

講到起源或誕生，我忽然想到宇宙論和達爾文都不能回答的困境。到底，我們這個世界和我們這種生命，是出自於因緣際會的偶然，還是外在條件下的必然呢？

為什麼世界是有而不是無，為什麼生命不是無而是有？不可能的宇宙有可能帶來不可能的生命嗎？好吧，就算宇宙是因為物理條件注定要出現的，生命是因為化學條件必然要合成的，那麼我呢？此時此刻，跟ROM和WCY一同站在巴比倫動物園前的我，就歷史學發生的角度而言，仍然是由數不盡的趨近於零的機率相乘得到的結果，不是嗎？

偶然和必然，像一對永遠的雙胞胎謎題。

偶然，如果了解夠透徹，到最後總是會變成必然；而必然，到最後也總是會出現偶然。結果是，對命運的錯誤認知，往往來自於把偶然當作定數，而把確定的事情看成巧合。

如果我們還沒有辦法，將生命分解出它的偶然性和必然性，那就無法得知什麼是生命的普遍性，什麼是生命的特殊性，不是嗎？

我們直接來到入口處的古菌區。他們就大剌剌躺在培養基裡，培養皿的玻璃外罩本身就是一副顯微鏡，所以他們的一舉一動，一清二楚。古菌跟真菌一樣，沒有細胞核和包覆著膜的胞器，遺傳訊息就只有一束DNA，深埋在細胞質中。最原始的古菌，似乎只會製造烷氣，只見他們忙個不停，熏得遊客紛紛走避，顯微鏡旁的擴音器還傳來他們開懷大笑的聲音；彷彿亙古以來，他們就一直以此為樂。

「難道你們就沒別的事好幹嗎？」我摀著鼻子，忍不住吼道。一旁的WCY早就被熏得奄奄一息了。

「沒辦法，對付這個世界，我們只有代謝分化這一條路。」負責解答的晶片回道。那種口氣，好像組合成大型生物，不僅不干他屁事，而且是很笨的一條路。

當初動物園剛試營運時，有人問大象為何鼻子那麼長，結果被大象氣得捲到半空中；也有人問鱷魚為何要掉眼淚，害得鱷魚哈哈大笑。園方發現不妙，趕緊訂製了一批晶片，好應付遊客層出不窮的問題。所以現在你得到的是千篇一律的統一解答，一些事涉隱私的問題，他們也有拒絕回答或冷笑的權利。

我們轉往隔壁的超嗜熱菌室。這也是一群怪咖，他們成天就懶洋洋躺在像火山岩漿的培養基裡，像是在馬爾地夫做日光浴的貴族，偶爾還會翻個身、伸個懶腰打呵欠，好像深怕什麼地方曬不均勻了；問題是，那裡面的溫度，都可以把死豬燙到跳起來。

「真的不熱嗎？」我忍不住問。

「哼。」超嗜熱菌翻個身，冷笑一聲，好像有點不屑我們這種可以暫時失溫、卻不能忍受絲毫高溫的物種。那副屌樣，看了就很

想把他們送到金星去蒸發掉。

　　我悻悻然走到簡易地圖告示牌前：

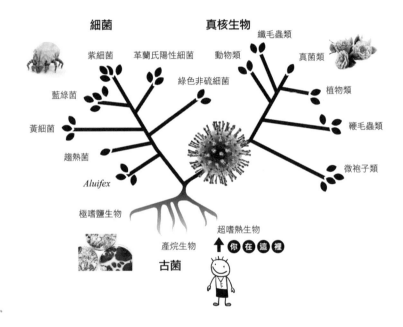

　　我只想趕快離開這些無聊的小傢伙，便點選了真核生物的動物區。

　　奇怪的是，一置身動物區裡，先前那種不自在的感覺馬上就消失了，取而代之的是一種熟悉的氛圍。WCY好像聞到什麼，汪汪兩聲，就興沖沖直奔胡狼小區，大概是找牠的祖宗十八代去了。

　　就在這時，傳來了DDT的簡訊：

我想我被跟蹤了再跟你聯絡

看ㄅ～，就這麼幾個字。

四、在出口遇見達爾文

我們循著WCY的腳步前行，卻彼此都說不出半句話來。

今天的陽光真的好棒，灑在身上清爽和煦，就像抹上最新出品的潤膚乳液SKS（Sunny Kiss Skin）那樣舒服。廣告上說，這種乳液會隨各人的膚質改變分子結構。我們走過三疊紀，草原上有幾隻獸腳亞目的恐龍正在玩追逐遊戲。前方樹下，一隻偷蛋龍正鬼鬼祟祟跑過我面前。我連忙攔下牠問：「他們說暴龍的後代是雞，真的嗎？」

坦白講，每次啃煙燻鳳爪時，我總是會不由自主緬懷起牠們那些曾叱吒風雲的祖先。

「照你這麼說，難道鵝是雷龍的後代？」牠匆匆拋下一句話，隨即一溜煙跑掉。

沒教養的傢伙。

NiangNiangDe，翼手龍的後代還手扒雞咧。不，我寧願相信，鵝是鳥臀目恐龍的後代。

我們走過更新世，遠遠就看到冰原上有頭猛瑪象在跳舞。你不可能不注意到這傢伙，因為牠身軀實在太龐大了，足足有五米高六

頓重；這一來也使得牠的舞步很有限，只能抬抬腳跳兩步或四步的舞曲，甩不出優美的狐步來。

「你有想過減肥的問題嗎？」

「哼，」牠鼻孔噴出一小股水氣，「我可不像你有膽固醇過高的問題。」

不像？我連忙跑到牠旁邊，問ROM這樣像不像中文字裡的「像」，卻還是沒法逗她開心。

「一定要演化成這麼大才有天擇的優勢嗎？」

「根據柯普法則，地球上的生物總是朝愈來愈大的方向進化。」

「那你們怎麼會絕種？」

「哼，」牠噴出了一股水柱，看來這個問題有點給牠火大，「還不都是因為你們。」

天擇造就了猛瑪象，人擇卻消滅了猛瑪象，造就了北京狗；誰知道在虛擬的世界裡，未來會造就出什麼樣的圖形人來。

說不定最終佔優勢的，反而是自願被吃的牛或大海龜，因為人類需要嘛。

從猛瑪象到長毛象，從長毛象到印度象，這一路走下來，好像在看一場注定悲傷的表演；生命不只是在創造生命，也在取代其他生命；而你永遠不知道的是，這一切過程的起點、終點和意義在哪裡。

換個角度看，地球，說不定，就是外星人依演化論打造的動物園。

「你看那小妞，還傻乎乎跟人家走，不曉得待會就要大禍臨頭

了。」外星人A說。

「不要光看那傻B啦。你看這小子整天流口水，誰知道他再過四十年會變成獨裁者？」外星人B說。

當文明發展到某一個程度後，也許觀看地球人的行為會成為星際聯盟貴族最高尚的娛樂之一。

ROM大概深受DDT的簡訊影響，兀自眉頭深鎖，若有所思。看來這個晴朗的下午終究是報銷了，我也無心戀棧，便喚來WCY，一起往出口走去。經過園裡最精采的直立猿人區時，WCY還興致勃勃汪汪叫，屢屢回頭看牠們表演。這傢伙，大概真的把自己當成人類的一員了。

出口前，只見無數的猴子正在勤奮地打字，還有隻無所事事的黑猩猩，正坐在草地上無聊地打手槍；大概是剛從交配戰役中敗下陣來，很沮喪的樣子，邊打還邊搖頭。

出口處有艘小獵犬號，停泊在加拉巴哥群島邊。

岸邊，有個無所事事的虛擬達爾文正在踱步，背著雙手。我忍不住上前打招呼。

「說真的，你現在還認為有必要引進上帝這種概念來解釋生命嗎？」

「唉，」他嘆了一口氣：「你們現在不是根據我的理論和分子神經學，證明宗教是人腦演化出來的產物嗎？」

「花了幾千年，才得到這樣的結論，還真令人感傷。」

「根據奧坎的剃刀原則，理論還是簡單一點好。」

「演化論雖然可以解釋那麼多複雜的生命行為，但是有個致命傷。」

「啥？」

「你無法解釋人為什麼會追求意義？為什麼會有形上的焦慮？那有什麼演化上的優勢？」

「那……也許是追求知識的副作用。你不能否認，追求知識帶來了巨大的優勢。」

乀～，這樣講也太混了吧，你總不能把所有無力解釋的都推給副作用。性高潮也是，形上學也是。

「這麼說，你仍然堅持演化是盲目的，是沒有方向的囉？那你能不能告訴我，人腦會再怎樣演化下去？」

「環境吧。主要還是要看生存的環境壓力。」

甩一甩被因果律設定好的腦袋，我說：「可是生命當初並沒有想到，有朝一日，我們會來到虛擬世界這個人擇的環境。」

「也許我們至今無法確定生命的起源，只是因為生命一旦啟動，就改變了環境，讓生命無法再度發生。」

「但你真的相信，從那些胺基酸、核苷酸和蛋白質裡，就可以產生思想嗎？」我搖搖頭：「如果思想是從這些東西開始的，搞不好思想本身就很可疑。」

「不用那麼急著否定自己的腦袋啦。」

是啊，一顆會懷疑自己存不存在的腦袋，到底是怎麼演化出來的？

是這種懷疑具有演化的優勢？或者這也是演化不小心的副產品？

他說：「我比較好奇的是虛擬世界裡的性擇，會對人類的演化產生什麼影響。」

「你的意思是，虛擬性愛會使演化停滯？」

「問題沒那麼簡單，虛擬性愛還是會影響到實體界的擇偶對象。但最糟糕的是，現在人們已曉得用DNA配對法來篩選配偶。」

「那有啥不好？」

「表面上有利於優生，其實違反了生物多樣化的演化法則。」

「你的意思是，盲目的演化才是王道？」

「自然本來就是盲目的，人類插手的事情實在太多了。」

「可是照你的理論，人類演化到干涉自然，也可以看成是自然順理成章的演化史。」

我有點為自己這句話得意，聽起來很有邏輯上「正言若反」的趣味。

他點點頭，又搖搖頭：「如今更可怕的是，繁殖也無法對電腦化免疫。」

「怎麼說？」

「人類會因為人格特質互相吸引，而且如果曉得別人喜歡他，就可能觸動愛意。而這兩點，未來都可以程式化，不管是輸入實體界的機器人，還是虛擬界的圖形人。」

「結果會是……？」

「說不定有一天，你會發現，你最理想的配偶不是機器人就是圖形人。」

空氣忽然凝結住了。「哈哈。」我乾笑兩聲，不敢提醒他，他本身就是第一代的圖形人；更不敢告訴他，我身邊這位江山如此多嬌的阿娜答，還是綁架圖形人而來的記憶體。

人既然會發展出戀塑膠癖，愛上機器人大概也不算什麼。

可是，圖形人，唉。

五、時間在葛利果聖歌中消失了

我要WCY先回去，牠立刻撲到我身上，要我抱抱，然後汪汪兩聲，交代我不要喝太多酒，就邁開四條小胖腿走了。

太完美了，這傢伙，完全符合虛擬寵物的三大定律：會撒嬌，肯關心，又不囉嗦。

我望著牠的背影離去，不禁若有所思。

前往市中心的路上，我們各自沉默了好一陣子。最後，她還是忍不住開口了。

「事情不太對勁，對不對？」

「對，不太對。」

「你只是要DDT回去確認一下我的生死，不是嗎？」

「嗯。」

「那怎會搞到他被人跟蹤了呢？」

「很可能，除了你最後的記憶被動了手腳外，你目前身上的記憶也不完全。」

「你是說，我身外還有一些被覆蓋掉，或被刪除掉的記憶？」

嗯，現在不只她的生死可疑，連她的身世都無法確定了。我忍不住說：「你想過嗎，為什麼你有那麼矯健的身手，可以讓你在巴比倫生存這麼久？」到現在，我還忘不了她一出手就幹掉三個細胞

那一幕；從她老爸否認她的存在開始，我就覺得這兩個疑點一定有什麼關聯。

但我更擔心的還不只這個。

她好像又陷入搜尋舊檔的模式，用古代的話來講，大概就是「陷入存在的危機」那樣的狀態。

我們沿著運河來到巴別塔圓環。經過巴比倫歌劇院前，有幾個修士罩著頭巾，正在迴廊上唱葛利果聖歌，吸引了不少路人甲們和路人乙們。據說這傳統源於五六世紀拜占庭的不眠修士Acoemeti同心協力誦經班，而今他們隸屬於某個神祕的馬拉松接力唱詩班，時候到了，就會有人來輪班接唱，兩千年來從沒停過。即使如今有了巴比倫這樣的虛擬城市，他們還是要繼續唱下去。

也許要唱到外星人來把他們接走為止。

迴廊擴大了修士的回音，別有一番迴腸盪氣。雖然葛利果聖歌都是單聲部的齊唱，也沒有伴奏，但在這樣的情境下聆聽，卻比多聲部的合唱還動人。這些歌曲好像還沒發展出固定的節拍，端賴演唱者的默契，才得以保持發展下去的速度。妙就妙在這裡。你永遠不知道接下來的速度會如何變化，那些附在我們身上如胎記般的節奏感全不管用。於是要不了多久，奇怪的感覺便出現了：時間感，彷彿在閉眼聆聽時漸漸慢了下來；接著，時間，就這樣消失了。

雖然你永遠聽不懂他們在唱什麼，但在那些輕吟慢詠中，你彷彿在一刹那間，窺見了時間停頓之後，那個叫「永恆」或「寂無」之類的什麼。

怎麼可能呢？以時間為基礎的音樂，怎麼可能讓時間在音樂中消失呢？

我搖搖頭，睜開眼，才發現天已經黑了。

ROM直盯著我瞧：「你還好吧？」

「我們進去喝杯咖啡？」

折騰了一個下午，對我來講，還真的有點累了。

如果從空中花園鳥瞰，巴比倫歌劇院就像個巨大的飛碟，浮在清澈的水面上。入夜後，光感應器會讓整片外牆散發出冷冽的冷光，而且每小時變換不同的色彩。如此一來，歌劇院就等於是這個城市夜晚沉默的報時鐘。也許再過幾世紀，屆時還存活的人，就會把這顆通體發光的玩意，當作外星人來過的證明。

歌劇院的內部裝潢，卻跟外觀的現代感截然不同，一整個給它走奢華復古風。即便是咖啡走廊，也是雕梁玉砌，碧瓴朱欄，金龍翠鳳，一派帝王相。於是我點了一杯Double Espresso，這才像男子漢嘛。

「你還記得我們上次去找怪老婆WWW那檔事嗎？」啜了一口，慢慢回神後，我忍不住說。

「我們在那裡還碰到DDT在喝酒。」

「但怪老婆說那是未來的冥界。」

「所以……」

我根本就是怕他真的葛屁了，所以。

但是說來奇怪，那個字眼，我就是說不出口來，好像一說出口就會成真那樣。語言結合宗教感的魔力，真是不可思議。

「你是會相信那種事的人嗎？」她皺了一下眉頭。

好吧，我承認，可能是我延腦裡的恐懼感啟動了我小腦裡的宗教感吧。

我一仰頭，把咖啡乾了。

「也許，」我說也許，「當初不該讓他去的。」

「還有其他更好的法子嗎？」

「他本來要我自己去。」

「你去的下場就不會跟他一樣嗎？」

「也許會，也許不會。」

這好像牽涉到機率大小的問題了。

機率的概念，就跟時間和重力一樣，擁有令人迷惑的雙重性格。對了，就像微積分裡的無限大、無限小那樣。你知道有那種東西，但你就是無法確定那是什麼東西。

用最簡單的集合論就可以證明，總是有個無限大比其他的無限大，或所有的無限大還大，總是有個無限小比最小的那個無限小還小。

什麼是現在？什麼是過去？當我說完現在的當下，當下已成為過去。難怪聖奧古斯丁會說：「什麼是時間，如果沒人問，我是清楚的；但是一有人問，我就迷惑了。」

就算愛因斯坦的相對時間推翻了牛頓的絕對時間，也還是沒法跟量子論的時間觀念融洽相處。

機率何嘗不是也有這種「正言若反」的性格。就算你知道走在斑馬線上的存活機率接近一百趴，但很可能在下一個綠燈亮起來時，你就成了那個無限小機率下的倒楣鬼。

我忽然有點給他生氣起來。

MaDe，我今天到底怎麼了？

我想我一定是太久沒喝酒了。從起床到現在，一直被一些莫名

其妙的觀念糾纏到渾身不舒服。要怪，都怪早上那個虛擬的蛋包。

DDT你最好是趕快給我死回來。

「那我們現在該怎麼辦？」她說。

我們只能等待。

或者喝酒。

六、你怎麼哭了

一身女僕裝的領位員，引領我們來到雙人沙發的包廂。

不知道為什麼，她那綴滿蕾絲邊的頭巾，總是讓我想到古時候日本的AV女優。服飾的演變真是不可解。為什麼第一個釦子要扣起來的衣服，到後來都會變成制服？為什麼變成制服後就會比較性感？

「需要什麼飲料嗎？」她笑容好親切。

啤酒，當然。

我左側扶手內建的杯架上立即浮現出一杯冰鎮的、不知TaMaDe什麼牌子的金色啤酒。

「給我Celis White，好嗎？」

酒杯內濃郁的金汁隨即轉趨淡白。

後工業時代曾經盛極一時的服務業，如今正急遽轉型中。總有一天，巴比倫的服務業會被圖形人和感應器完全取代，我想。

然而巴比倫歌劇院最讓人稱道的服務還不止於此。

我攤開選單，在硬體選擇項目上點選了史卡拉歌劇院，一座古色古香的義大利舞台便呈現在我倆面前；但是在音訊效果上我做了點手腳，選的是卡內基音樂廳的共振模式。據說卡內基可以產生最美的偶數階泛音和堂音，是二十世紀不小心做出來的傑作。

「想聽什麼嗎？」

「既然是史卡拉，那就從威爾第開始吧。」從坐下來那一刻起，ROM身上的休閒服已轉換為深藍的晚禮服。你不得不佩服COM原先配備的那套CCC自動變裝系統。

毫不意外，我左右腦同時選的都是已聽過一百零一遍的《茶花女》序曲。

幕還沒拉起，孱弱的小提琴先帶來的是第四幕薇奧麗塔哀戚、垂死的主題。隨後在一個小節圓舞曲的襯托下，流瀉出第二幕薇奧麗塔真摯的愛情主題。當這個主題要結束時，突然闖入一個升高了半音的不協和音，彷彿預示了愛情將受到沉重的打擊。緊接著，由大提琴拉出薇奧麗塔的痛苦和掙扎後，愛情的主題再現，但這次是交給低音部持續發展；高音部的小提琴卻在此時，以華麗的樂句配上裝飾音，發展出一段熱鬧、喧嘩、輕佻的曲調。悲傷和歡樂的主題就這麼並行前進，誰也不礙誰，反而各自加強了對比和深度。直到最後，小提琴才轉成悲泣的顫音，伴隨著低音部的愛情主題，斷斷續續、有氣無力地送走薇奧麗塔的一縷幽魂。

我按下暫停。喘了一口好長好長的氣。

「怎麼？受不了了？」ROM轉頭望我。

「其實，他想講的，都講完了，不是嗎？」

「也對。他用的是倒敘的筆法，就像托爾斯泰寫《伊凡‧伊列

區之死》那樣。」

「可惜的是，人們都只注意到，他想在序曲裡採用奏鳴曲式的努力，卻忽略了這首前奏最偉大的成就。」

「什麼成就？」

「他利用簡單的兩聲部，就把悲傷和歡樂同時編織在一起了。」

「這很難嗎？」

「在所有以時間為基礎的藝術中，我想他是第一個。」我說；「至少那個時代的文學，都還沒能力注意到這點。」

「莫札特在《費加洛婚禮》中，有一段各說各話的二重唱，好像就已經有這種味道。」

「但那只是趣味，還不能算是時間的蒙太奇。」我堅持道：「蒙太奇，是利用編輯剪接不相干的元素，來加強力量或帶出新意的藝術。」

她若有所思一下子：「那，我們兩個現在能坐在這裡，算蒙太奇嗎？」

「蒙不蒙我不知道，太奇怪倒是真的。」

她捶了我一拳。也把我剛才好不容易被威爾第催逼出來的情緒，不知捶到哪個世界去了。

「接下來想聽點啥？」我嘻皮笑臉問。

「正經點。」

「好，那就華格納。」

我隨手將舞台切換成拜魯特慶典劇場。那是華格納為了實現他理想中的「樂劇」，親手打造的劇院。是樂劇，而不是那些劇情

庸俗、荒謬突梯、浪漫到一塌糊塗、單靠旋律取勝的歌劇。他預言未來的歌劇必將捨棄詠嘆調和宣敘調，音樂和劇本會更緊密攜手合作，而且會引入其他藝術形式，融合為一體。Gestalt，對，就是這個Gestalt；日耳曼人好像不管碰到什麼，都會想把它搞成很巨大的、很複雜的、很深奧的「整體」。

華格納的未來在他自己手上完成了，諷刺的是，他之後，卻沒啥人躡足跟進。沒多久，一種更複雜的藝術形式，電影，便席捲了全世界；又沒多久，電玩音樂又取電影音樂而代之。時至今日，我們只能在骨董級的電影配樂中，緬懷華格納那能量龐大的交響詩風。

我們從《尼貝龍指環》的第三部《齊格飛》開始聽起。從前用來討好觀眾的詠嘆調，已不再是劇中的主角；取而代之的是劇情的主導動機。他總是那麼專注著說故事。為了營造這個龐大的、史詩般的神話，他召喚所有的管弦、所有會發聲的物件，把它們編組成好幾個主導動機，再用複調來組合這些主導動機，於是歌詞和音樂緊密地織成一張網，把整齣劇包裹起來，也把觀眾的心緒包裹進來。

直到第三幕的前奏曲響起，〈流浪者的騎行〉交織了七種音樂動機，把華格納的管弦語法發揮到淋漓盡致。而當神祕的流浪者前來喚醒大地之母艾達時，我不由得哼了一聲，微笑起來。

所有的德國男人都想當形上學家，就像所有的義大利男人都想做情人。但是不知道為什麼，這兩種人結合在一起時，卻有可能發動世界大戰。

沒多久，林中鳥就飛出來唱出場詩：

在悲傷中，我快樂地歌詠愛情

在絕望中，我歡欣地編織歌曲

只有渴望者，才能知道那意義

我再也忍不住，按下了停止鍵。

ROM偏頭瞪了我一會，才迷惑著問：「你怎麼了？」

我假裝順手拂了一下眼角，搖搖頭。

看ㄅ～，人家興高采烈在唱歌，我在跟人家難過個什麼勁啊。

也許，我們只不過是要這個世界給個答案；但悲哀的是，往往要到最後才發現，那個答案還是來自於自己。

七、等等，先讓我賭一把

「我想跟你商量一件事。」

第一次，ROM用這麼嚴肅的神情和口氣對我說話。

「嗯？」我故作輕鬆，其實有點緊張。

「我想，」她放慢了語速，深怕我聽不清似地：「我‧想‧借‧用‧你‧的‧身‧體‧回去幾天。」

這下換我目不轉睛盯著她。

MaDe，該來的總是要來的。我最擔心的事終於發生了。

從接到DDT被跟蹤的簡訊起，我就有種不祥的預感。現在可好了，連我這會產生不祥預感的身體也要離我而去了。

「一定要這樣嗎？」

「我們不能再等下去了。」她的口氣好堅定：「如果DDT有麻煩的話，說不定我回去還可以幫上忙。」

「那我回去看看不就得了。」

「不行，我還不想失去你。」

這話聽起來還滿爽的，可是，可是我好歹也是個男子漢啊。

「怎麼說？」

「好歹，我是回去弄清楚我自己的過去，如果真有什麼狀況或危險的話，我總比你清楚該怎麼處理。」

「所以？」

「所以，我們可以請PKN把你的記憶蕩落下來，跟我的互換。這樣我就可以用你的身分登出巴比倫，借用你的身體回去查個一清二楚。」

換句話說，我要暫時借住在COM的身體裡，直到ROM回來為止？

那我豈不是變成了圖形人中的陰陽人？

如果這就是綁架圖形人的報應，這報應未免來得太快了點。

我望著眼前這個女人，忽然不知該說什麼好。雖然如今她的外表是COM，可是從她堅定的口氣我聽得出來，去年那個臉上有道小刀疤的ROM又回來了。

我能拒絕這個奇特的女人這個奇特的要求嗎？

萬一，她借了我身體後不還怎麼辦？

「好，」我心一橫咬牙說道：「但是有個條件。」

「什麼條件？」

「先讓我去賭一把。如果贏了,就答應你。」

「為什麼?」

「回去總要點盤纏吧。」我落出一副無可商量的口氣說。

其實,我只是在想在離開我的身體跟她之前,徹底感覺一下什麼是偶然,什麼是必然,什麼是機率,什麼又叫機會,如此而已。

對未來未知的恐懼,好像一直在催逼著我去抓住一點什麼東西。

那種感覺。

八、先生,你也來買笑嗎?

巴比倫的卡西諾位於東北角,是整座城市裡唯一的特別行政區,因為光這區的經濟產值就佔了五分之三強,是巴比倫最重要的命脈。從空中鳥瞰,卡西諾像個二維的氣球,會隨著人潮多寡彈性伸縮,來再多人也不怕擠死人。怪的是,自從跟巴比倫同時開幕以來,這個氣球就一直在擴張,從來也沒停歇過。

卡西諾的外環,依食衣住行育樂劃分成六大瞎拼區。所以就算你贏了錢,在你走出賭場前,還得努力抗拒這一環的誘惑。我們從娛樂區的入口進去,便撞見一對縱聲狂笑的年輕情侶。不,不只他倆,我周圍的人都在笑,或微笑,或大笑,或歪嘴笑,差別只在於笑的程度而已。沒多久,我就發現,他們都是剛從轉角的哇哈哈(Wahaha, WAA)笑氣吧走出來的。店門口扛棒上標榜著這是「來

自天堂的氣體」，下面兩行小字：「哈哈，改變你一生；哇哈哈，改變全世界。」

這世界八成是瘋了，剩下的兩成則是早就瘋過頭了；而瘋過頭的這兩成大概都聚在這裡。我推門而入，迎面而來的是滿室的笑聲，笑到四面牆壁和屋頂地板都彎曲了。像得傳染病那樣，我也笑了起來。吧台設計跟酒吧沒什麼兩樣，只是沒有酒杯，每個人面前都是一根彎彎曲曲五顏六色冒著泡泡霧氣騰騰的玻璃試管。

「嗨，今天要來點不一樣的嗎？」吧台內一個笑文文的小妞過來打招呼，順手給我一張menu，上頭有一堆奇奇怪怪的笑容。

「有啥特別的？」

「第一次來？」

「嗯。」

「我們最熱門的是鴻運高照幸福吉祥笑氣。每個賭客都會來一管的。」

「有效嗎？」

「絕對有笑。包你笑呵呵進去，不管輸贏還是笑呵呵出來。」

那有屁用啊！

「這是啥？」我指著二號餐問。

「喔，那是養生套餐，加了蔘氣的。」

MaDe，不過是氧化亞氮嘛，有必要搞到這麼複雜嗎？

她瞄了一眼ROM，「要不你試試我們的羅密歐與茱麗葉，今晚特價。」

「那又加了啥？」

「我們獨家的荷爾蒙配方。所有情侶都會來一管的。」

「哇，這麼貴！」

「愛情嘛，當然貴一點。何況這個有效指數高達五十個AHA呢。」她說AHA是檢測笑聲強度的單位。例如讓人爆笑一秒的好笑程度約為五個AHA，若持續十秒就是五十AHA。當初是在受測者橫膈膜和腹部貼上幾個感應器，從皮膚表面偵測橫膈膜振動所產生的微弱肌肉反應電位，再利用日本某個教授獨家研發的軟體解析判讀後才得到的數據。

不囉嗦，我們面前隨即出現了一對鴛鴦試管。

「真的有效的啦。」小妞附耳對我說：「我幫你加了一點催產素，可以讓你不再害羞。」隨即帶著曖昧的笑容離去。她還是笑得很開心，真讓人懷疑，她每天要自駭多久。不是說笑氣吸多了會抑制骨髓還是流產畸胎什麼的？在這種場所上班，應該強制他們佩戴防毒面具才對。

我們同時吸了一口，沒多久，我眼前的ROM就逐漸朦朧起來，我的兩腿之間好像有個東西也隱約呼之欲出。

看ㄌ～，他們會不會給我加了太多睪固酮？

我好像看到從前那個COM又回來了。對，就是那眼神，那好奇的，期盼的，渴求的，迷惑的，矛盾的，迷離的眼神。我又有了想犯罪的衝動，在我兩腿之間。

「你知道為什麼只有人會笑嗎？」我強自鎮定說道，當然，臉上掛的是自以為克拉克蓋博的笑容。

「因為人的發聲結構跟其他動物不一樣？」

「不，發聲結構足以使人類擁有語言；但我想問的是，是什麼機制使得人的發聲結構發出笑聲來？」

　　她也開始笑了。雖然我不明白，圖形人的笑又是怎麼來的。

　　我環顧四周，不禁搖頭苦笑。笑原本是一種古老的挑逗藝術，而今只要來一管就行了。

　　「你注意過沒，為什麼男人比較愛說笑？」

　　「尤其是黃色笑話？」

　　「對，因為搞笑跟男性激素有關。」

　　「你是指睪固酮那類玩意兒？」

　　「嗯。」

　　「那不也是男性暴力的來源嗎？」

　　「沒錯。」

　　「這麼說，笑跟性、暴力都是同出一源？」

　　「完全正確。世上第一道笑聲一定來自於諷刺的嘲笑。」譬如說，看到別人跌倒了那種快感。

　　「那自嘲或反諷又是怎麼回事？」

　　「反諷是更深一層的演化，」我說：「那是一種隱藏式的攻擊智慧。攻擊別人容易引發不快，攻擊自己更易博取同感。」

　　說到底，反諷的笑聲，只是我們對這個世界最無奈的反擊。

　　「可見男性的性驅力可以轉化成暴力或笑話，就看你怎麼選擇？」

　　「現在你知道，為什麼在演化機制上，女人會傾向欣賞有幽默氣質的男人了。」

　　「那你知道我正在想什麼嗎？」她笑吟吟問。

　　啥？

　　「我好想攻擊你。」

吼～，我再也受不了，立刻招手埋單。

「有效厚？」吧枱內的小妞一點也不意外。

臨走時，我還外帶了一管幸運笑氣，準備攻擊賭場用的。

「要幾公克的？」小妞問。

克你個頭啦克。

九、遇到髒話強迫症男

我們直趨賭場旅館的櫃台。當班的是個熟女。

「一個房間？」她露出滿口的藍牙笑道。

我點點頭。她不用N_2O，也可以永遠保持笑容；可是滿口藍牙，看起來還是有點那個了一點。

「你稍等。」她彈了一下手指，好像是在切換藍牙的頻段，隨即搗嘴嘰嘰喳喳，跟不知道藏在哪的人交談起來。

「行了，」她轉向我：「你很幸運，我們還有一間無重力蜜月套房，有興趣嗎？」

無重力蜜月套房？

聽起來好像比情趣椅或在飛機上更刺激。

其實虛擬世界跟現實界最大的差別，本來就在有沒有重力上。最早時所有的虛擬公民想飛就飛，想跳就跳，無拘無束。後來不知道誰在程式中加入了虛擬重力，弄得如今連無重力都可以當商品來賣了。

「但要稍等一下，房間還在整理中。」

「那我們先賭一把？」我轉頭徵詢ROM同意。

她還在笑。我有點擔心剛剛的羅密歐與茱麗葉會不會過量了。

我們穿過數不盡叮叮咚咚的吃角子老虎，才來到賭桌區。所有的賭場設計都是這調調：外圍總是擺上五光十色的老虎機，誘惑你一步一步深入；等來到賭桌區，這才是重點。這是個不一樣的世界，在這裡，沒有喧囂的人聲，也沒有GGYY的老虎聲，有的只是笑容可掬的發牌員等著你在極為愜意的氣氛下乖乖掏出錢來。甚至，你看不到任何時鐘，他們就是要你忘了時間的存在，讓每個自以為聰明的賭客，沉淪在一輪又一輪的機率遊戲中。

我繞著賭桌區踅了一趟，試圖找出運勢較弱的莊家。每個賭徒都有一套自以為能打敗莊家的策略，自以為在優勢較小的遊戲中能生存下來的祕方。觀察莊家的氣勢就是我的第一步。時候已經不早了，玩票的遊客大多已打道回府，這時才是專業賭徒登台的時機。我挑了一張黑傑克的牌桌，看中的是發牌員那雙略微發抖的手，和她臉上有點心虛卻強自擠出的笑容。這小妞九成九是剛從發牌學校畢業的菜鳥。桌前只剩一名賭客，看他的玩法和下注的大小，很普洛的樣子，唯一的缺點是嘴裡老是冒出一些嘀嘀嘟嘟的髒話。

「操他的＃％＆＠＄。」每次下注前，他總要把某某人的某某東西操一遍才甘願的樣子。照他這種操法，這世上所有的人大概都已經被他操過七遍了，不分男女老幼。

我要ROM坐在牌桌最尾端，三壘的位置，以便在緊要關頭，能

利用要不要牌的選擇權，犧牲最少的籌碼，保護我的大注；或者在牌氣不順的時候歇個手，攪亂一下牌序。

「操他的＃％＆＠＄，」髒話強迫症跟我打招呼的第一句話是：「你看對面那兩個△☆女人，我操他奶奶的％＠＆＊＃，我賭他媽的＆※↑，這兩個一定是￥＃＄€的妓女。」

這有啥好稀奇的。自從有虛擬世界以來，賭和色就一直是支撐這世界的兩大經濟動脈。我沒理他，逕自把身上所有的巴布換成籌碼。

「操他媽的對不起，」髒話強迫症還在繼續操：「自從上次車禍後，我就他媽的＃％＆＠變成這雞％樣子。」

不過說真的，有時候用嘴巴操操這個世界，效果也滿爽的。

來吧，要操你就繼續操吧。一切都準備好了。我依照書上的算牌法，估計有一堆人頭馬上就要冒出來了，於是下了第一筆大注。

果然，第一副牌就是黑傑克。

好的開始。

現在我可以用他們的錢好好跟他們玩一陣子。

我照書上的籌碼管理法規規矩矩下注，例如連贏了兩個籌碼兩次，第三注便下四個籌碼；要是輸了，就退回下注兩個籌碼。於是籌碼來來去去，沒多久，你不再覺得那些籌碼是錢買來的，籌碼只是籌碼，不是嗎？再沒多久，髒話強迫症也輸光了桌前所有的籌碼，不知操到哪裡去了。

怪的是，每次在我快要輸光時，總會再贏個幾注回來。

一定有什麼地方不太對勁。

我點了一根菸，望著眼前的菜鳥發牌員，她有點不好意思地微笑，好像在求我不要怪她。

看來牌桌的經理還不準備把她換走，在她手氣正順的時候。雖然她已經緊張到額頭冒汗了。

上帝憐憫我吧。我在心裡吶喊。

沒有賭徒會堅持做無神論者的，假如這時皈依還來得及贏錢的話。

十、改用費波那奇數列攻擊

我看了一眼ROM，她還是回我以花癡般的笑容。

這時我才想到一件事。

MaDe，我竟然忘了吸一管哇哈哈外帶的幸運笑氣。

「哈哈，」我深深吸了一口，要了一杯啤酒，忽然叫道：「Fibonacci。」

「啥？」

「改用費波那奇數列攻擊。」

「那是什麼？」

「1,1,2,3,5,8,13,21,34,55……」我說：「假如連贏的話，就用前兩注的和下注；輸的話，就退回到一個籌碼。」

「為什麼？」

「因為沒啥好輸了。」

　　因為我剛吸了一管，因為我輸瘋了，因為這是個不講道理的世界，好唄。

　　因為費波那奇數列是個神祕的數列，因為那裡面暗藏著兔子的繁殖數字、花瓣的數目、黃金律的比例，好唄。

　　我不能再照書上的玩法慢慢耗到輸光為止。

　　哈哈，結果，在新一波的攻擊中，我總計連贏五把的有六次，七把的三次；還有，哇哈哈，八把的一次。感覺機會來了，我改用等比級數下注，發動大規模的攻擊。

　　沒多久，我面前就堆滿了籌碼。

　　「我們可以走了。」ROM提醒道。

　　「好。」我把面前的籌碼推出去一半，「最後一把。」

　　「你已經贏了，還需要殺這麼大嗎？」

　　沒錯，但我算到的是接下來大牌又要出來了。

　　結果，沒有。我拿到4跟5，ROM拿到8跟3，莊家牌面是小2。

　　Double down，我把剩下的籌碼全推出去。

　　「你瘋了，莊家爆掉的機率沒那麼大吧？」

　　對，我瘋了。如果愛情也可以用來下注的話，這一把我會連愛情也押上。

　　假如一個人可以連贏八次，那麼世界還是有可能出現的，生命也是有可能誕生的，我想，所有的不可能，意思就是都有可能的。

　　這是第九把，也是最後一把了。在還沒離桌前，所有的輸贏只是用來參考最後一手要怎麼玩而已。

　　莊家用微微發抖的手給了我一張。菜鳥就是菜鳥，沒見過那麼

大注啊。

　　沒錯，是人頭。

　　ROM用徵詢的眼光望著我。照書上的牌理，她才是應該絕對鐵定要double down的人。

　　我示意她不要補牌，也不要double。反正她只下一個籌碼。她是我今晚的三壘手，我所有籌碼的守護神。

　　這下輪到菜鳥頭痛了。她問經理拿到十一點的玩家可以不補牌嗎？

　　經理帶著狐疑的眼光望著我倆：「確定不補？」

　　我們一齊點頭。

　　「Go ahead.」他說去一個頭。

　　然後莊家抖著掀開底牌，沒錯，是人頭。

　　再補一張，還是人頭。

　　爆了。

　　我忽然懷念起剛剛那個髒話強迫症來。如果他還在場，我好想聽他用流利的髒話，不管操他什麼先操他十一遍再說。

　　哇哈哈，我拉著ROM飛奔到我們的無重力蜜月套房，打開第一道門，飛快換好無重力蜜月套裝，再打開第二道門，然後我們就浮起來了。

　　哇哈哈，我們像發瘋那樣大笑，像企圖改變世界那樣狂笑，但只有我們知道，這笑聲不是來自N₂O。

　　哈哈，明天，我就要離開我的身體了。

　　哈哈，今晚，我們要好好互相攻擊一番。

　　哇哈哈哈，我們就這樣浮在半空中，卻不知道接下來該怎麼

辦。

　　看ㄅ～，早知道就先看好說明書再換裝。

第五章／

當我們不同在一起

一、我只是來換個身體

「所以,你要把你跟ROM的記憶互相換個位置?」PKN說。

我點點頭。

第一次,他臉色這麼凝重。

「技術上當然是沒問題的啦,可是,風險和代價未免太高了。」

我把攻擊卡西諾贏來的巴布一股腦推到他面前。

他搖搖手:「你聽過細胞記憶這檔事吧?」

這我當然知道,最早是發生在器官受贈者身上的靈異事件。有人換了腎後,品味從肥皂劇轉移到莎士比亞;有人換了肝後,認定自己是末世教會的福音使者,而且看到女人就吃吃傻笑。這類轉變都可追溯到捐贈者的人格,害得後來殺人犯和色情狂的器官乏人問津。最神奇的是有個小女孩,換了性侵受害者的眼角膜後,竟然能描摹凶手的長相,幫助警方破了案。還有人換了一顆自殺者的心,後來不僅娶了自殺者的遺孀,沒幾年他也跟著自殺了。至於那顆老是想自殺的心,至今仍下落不明;就有人懷疑,歷史上某些神祕的自殺事件,可能都跟那顆心有關。

如果能選擇,我寧可換JOS那隻神巧的右手;或者,讓ROM換張SOS的嘟嘟嘴也不錯。

「其實,我們對記憶的了解,還停留在腦神經的階段。」PKN說:「關於肌肉的記憶、非記憶細胞的化學記憶反應,才剛剛起步而已。」

這下完了,萬一換了位置後,我GG的記憶,一天到晚跟ROM

的記憶起衝突怎麼辦？或者，更悲慘的是，等我回到我的身體時，我那根喜新厭舊的GG還會記得我嗎？像艾力克・克萊普頓唱的：

　　你會記得我的名字嗎
　　假如我在天堂遇見你

　　「這樣，你不是更可以藉此機會，觀察我們的反應和行為嗎？」我想我太了解PKN了。科學家無法抗拒人體實驗的誘惑，就像銀行家無法抗拒利息的勾引。對他而言，我跟ROM不啻是自己送上門來、完美到一整個給他不行的白老鼠，何況這人體實驗還不用FDA批准。

　　果然，他緊鎖的眉頭鬆動了。「可是，」他突然附耳對我說：「你不怕她萬一借了你的身體不還？」

　　「不還就算了。」我故作輕鬆：「不過就是副臭皮囊咩，有啥好留戀的。」

　　其實關於這點，我倒是沒擔心過。如果感情的基礎要靠記憶來維持，那這世間還有什麼比ROM數位記憶的時間基礎更堅實穩固的？

　　只要有備份，而且沒人竄改的話。

　　「好，讓我準備一下。」PKN開了一瓶新海盜給我；酒標上是個綁頭巾戴眼罩、缺了兩顆大門牙的水手，背景還有艘不知要航向何方的五桅帆船。

　　「我需要準備什麼嗎？」

　　「那倒不必。只要接上那個輔助輸入的的匯流排，就在你中間

那顆鈕釦上，可以用來上傳或下載資料。」

我把海盜分成兩杯，一杯給ROM。

「來，先跟我的身體喝一杯吧。」

終於到了跟我的身體說再見的時候了。

「你，好像有點捨不得？」

想到再過一會兒，眼前ROM寄居的COM，這副玲瓏有致的身軀，就是我記憶未來的居所，我不禁苦笑起來。而我現實界的身體，即將進駐一個女人的記憶……等等，這樣一來，豈不是妓女變成了酒鬼、酒鬼變成了女殺手？或者說，是女殺手變成了酒鬼、酒鬼變成了妓女？

什麼跟什麼嘛！

我忍不住，起身去放了一首曲子。《蝴蝶夫人》裡那首〈再見了，花團錦簇的花園〉。

「對了，回去後，記得戴上我桌上那副隱形眼鏡。」我說。

「我又沒近視。」

「那副電子眼鏡可以行動上網。」我一口乾掉了海盜：「這樣，你隨時都可以跟我連絡。」

「這麼強？」

「嗯，它可以將你的每顆眼球分割成左視界和右視界兩個視窗。你可以用其中任一個視界上網跟我連線，我也可以透過你的眼球，看到你看到的東西。」

「你是怕我跑掉喔？」

「你真要跑我也追不回來，就算把我的身體當作送你的禮物吧。」只怕你到時還嫌這禮物有男人的體味咧。

我盯著她的眼睛說：「我是怕你會有什麼危險。」

「我知道。」她會心的眼光狡點地閃啊閃著。

我點了一根菸，就這樣跟她對望著。

一種既陌生又熟悉的感覺。

好像眼前的她已經變成了我那樣。

「對了，出門的時候，記得先穿上肌力內衣。在衣櫥左下角的抽屜裡。」

「什麼東東？」

「一種彈性纖維，說是可以增加三倍的肌力。」

「聽起來好像是節肢動物的外部骨骼。」

「差不多就是那個意思。」

「還有什麼要交代的嗎？」

我搖搖頭：「我想，我的身體會提醒你何時該補充尼古丁。」

尼古丁，大概是我身體細胞最深刻的記憶了。沒有尼古丁，我搞不好無法構築出一個完整的我來。

PKN搖搖晃晃踱過來，臉紅通通的。

沒有酒精，大概也構築不出一個完整的PKN。

「都要手術了你還喝那麼多酒。」我把手上的海盜乾了。

「蛋糕一塊，小事一件。」他打了個酒嗝，又喝了一口海盜：「來吧。」他右手的中指又抖了起來，

我眼睜睜看著他把ROM擺平，像上次擺平COM那樣。

「你，準備好了？」他轉向我問道。

「會痛嗎？」

　　「不一定，有人說會有輕微的刺痛。」PKN把匯流排的插頭對準我的第三顆鈕釦：「不過我想那是心理作用。」

　　「像被蚊子叮到那樣？」

　　「像被蚊子叮到那樣。」

　　這是那晚我聽到的最後一句話。

二、該死的ＧＧ又闖禍了

　　在黑暗中，我從無聲的呻吟中醒來。

　　一百趴的黑暗。

　　我張開眼睛，努力想穿過這團黑暗。沒有，什麼都沒有。就只有黑。

　　看不到界限的黑。

　　這時我才驚覺，那不是我的眼睛。

　　我是我，我不是我。

　　我在這裡，但又好像不是我在這裡。

　　黑暗中，我好像可以感覺得到，我被某種東西包圍著、牽扯著。

　　為什麼？

　　如果那不是看不到的暗物質，也不是感覺不到的暗能量，那是什麼？

　　等我想清楚時，差點喜極而泣。

是LMA的身體和重力！

我失去已久的重力。

是的，我躺在床上，我身上的電子，由於和床墊的電子互相排斥，使我穿不過床墊，而我依然能用這樣的姿勢躺在床上，完全是重力的關係。

我坐起身來，踩了兩下，再次享受那種腳踏實地的感覺。

跟巴比倫的虛擬重力完全不一樣的感覺。

對，虛擬的重力只是用程式來限制你隨時想飛的衝動，但現實界的重力，卻是構築我現在這個身體的基礎。

雖然這個身體，是我剛剛才跟LMA借來的。

重新擁有身體的感覺很奇妙，更何況這個身體還是借來的。

我彈了兩下手指，室內的燈光隨即錯落有致亮了起來。光線和陰影的層次，營造出奢華又低限的現代風。我再彈了一下手指，把亮度調低到瞳孔能接受的範圍。

接著我把身上的虛擬實境裝備扒掉，把所有的訊號感應線統統扯掉；點了一根菸，站在穿衣鏡前，端詳起這副既陌生又有點熟悉的身軀。

好奇怪的感覺。

Jamais vu，我脫口而出。對，跟déjà vu相反，不是似曾相識，而是從未見過卻又有點熟悉的那種錯覺。

我捏了一下臉頰，有點痛；我給自己甩了一記耳光，辣辣的。

最奇特的是，對著鏡子，**我卻像在身體外面那樣看著自己，然後又像在審視別人那樣，凝視著鏡中的我。**

怎麼會這樣呢？

很久以前，神經科學家就曾經成功實驗過，我們的眼睛和神經系統，在某些情況下，會把別人的身體當成自己的身體。他們將一具人體模型的頭部裝上兩架攝影機，攝影機與實驗對象眼睛前面的兩個小型螢幕相連，讓他們可以看到假人看到的影像。

當假人的攝影機眼睛和實驗對象的頭往下看時，照理實驗對象看到的，應該是自己的身體，但這次卻是看到假人的身體。結果當科學家用棍子接觸真人和假人的肚子時，竟然可以創造出交換身體的幻覺。實驗對象可能見到假人的肚子被觸及，同時也覺得，不是看到，自己的肚子被戳到了。

也就是說，實驗對象產生了假人的身體是他自己身體的強烈感覺。在其中一項實驗中，實驗對象不僅與其他人交換身體，甚至可在沒有打破幻覺情況下與自己握手。

好吧，雖然改變頭腦對自身形體的感知是很容易的事，但現在我面對的問題，並不只是要如何把別人的身體當成自己的身體，也不是要如何改變頭腦對他人形體的感知，而是：如何在一個男人的身體裡，構築出一個女性的我來？

這可不是像維也納行動派，把羊的內臟塗到自己的GG上就可解決的問題。

雖然換來一副寬闊的肩膀，但沒了乳房，還是讓我有點不安全感和失落感。我跳了一下，LMA的GG屌兒郎當地，隨著蛋蛋晃了兩下。

不，從現在起，應該說是我的GG才對。

　　我必須盡快建構出完整的、新的我來。

　　問題是，在建構新我的過程中，原來的我，會隨著時間逐漸褪色嗎？尤其是原來數位式的記憶轉回現在類比式的記憶後。

　　這是一場跟時間的競賽。我必須在類比的記憶褪色之前，盡快找出真相。

　　我閉上眼，努力想起「自己」原來的樣子。就在這時，奇怪的事情發生了。

　　LMA的GG，不，現在該說是我的GG，竟然微微硬了起來。

　　看來他還滿想念我的，至少，他的身體。

　　換個對象，我回想起COM的胴體。媽媽咪呀，這下，它更硬了。一整個給他充血的感覺。

　　氣死我了。

　　我決定不鳥他。如果這時還在巴比倫就好了，至少我還可以問一下那張憂鬱的晶片，問他到底在想什麼。

　　難道他還不知道，他原來的主人，目前正暫厝在COM那副虛擬的身體裡？

　　我忍不住了，啟動那副可以行動上網的隱形眼鏡。

　　沒多久，LMA就以COM的樣貌出現在我的左視界中。

三、沒有結構，哪來意義

寄居在COM身上的LMA	寄居在LMA身上的ROM
嗨，怎麼樣，我那副身軀還合你意吧？	正在適應中。
將就點，不要太挑剔了。	你呢？難道你已習慣胸前那對乳房？
我當然不習慣一大堆盯著我胸前看的酒吧蒼蠅。不過沒關係，大不了請PKN改一下CCC的程式就得了。	我可沒法說改就改啊。你認為我有可能在你身上仍保有完整的自我嗎？
不要被佛洛伊德唬了。這世上哪有自我這東西。邏輯上說不通的。	怎麼說？
如果每一個我，背後都有一個自我，那每一個自我後面，豈不是都還要有一個自自我？那不把每個人都變成了俄羅斯娃娃。	說不定，人的本質就是俄羅斯娃娃。
那就沒完沒了囉。如果這理論能成立，那我們每個人都會有個無限大的我，還會有個無限小的超自我，外加免費附送、無限多的自我、自自我、自自……	這倒也是。一個理論如果不可避免要跟無限大或無限小沾親帶故，通常不是很接近真理，要嘛就是唬爛或幻覺。
怎麼好像又扯到宇宙論去了。我只是想確定你住在我身體裡好不好而已。	我看你八成又喝醉了。你這麼肯定我住在你身體裡面嗎？

169

| | 我剛剛對著鏡子看你的身體時，就不覺得是從身體裡望著鏡子，反而比較像從你身體外頭，同時望著鏡裡和鏡外的你。 |
| 阿不欄咧？ | |

那就奇怪了，為什麼我們總認為意識藏在身體中呢？

意識，其實並不需要存在的地方，對不對？

等等，假如我們把意識先定義為大腦處理資訊的過程……

但最終能夠儲存的只有記憶，而不是意識。

這麼說，所謂的意識流，只是一串串被選擇記下來的偽意識囉。

問題是，要構築一個完整的我，只有記憶沒有意識是不通的。

那只好委屈你，暫時用我的大腦處理你的意識了。

我只是還不習慣你大腦處理資訊的模式罷了。

你會有那樣的錯覺，也許是因為，對大腦皮質來說，我們的身體，只是他外面世界的一部分。

我要講的不只是這個。

怎麼？又什麼地方不對勁了嗎？

你知道嗎，我剛剛回想起COM的模樣時，你的GG竟然硬到一整個不行。

唉，這個現在我可管不著了。

最可惡的是，比想起我自己的模樣時還硬。

也許他想的是你在COM身上時的模樣啊。	少來了，想唬我。
對不起，我正在喝酒。	去去去，喝死你好了。

唉，女人。

直到她收了線，我才鬆了一口氣。

MaDe，我才離開我身體沒多久，那根死GG就給我闖禍了。

真搞不懂，平常在巴比倫看他病懨懨地，怎麼一回去換個腦袋就龍精虎猛起來了捏？怎麼，我一不在，就不再給我耍憂鬱了？

我決定要好好寫封信給超感晶片公司，提醒他們舊版的程式裡有好多蟲。

To:SEX（Superchips of Extreme eXperience）

From:愈來愈憂鬱的GG

Subject:請重新思考你們進化的方向

敬啟者：

我是貴公司隨時可上（Ready to Go, RTG）晶片V3.07.012的忠實顧客。貴公司產品的瑕疵和追求卓越的企圖，從三不五時就推出update的服務表露無遺。但容我提醒，你們最近的改進似乎走錯了

方向。

　首先，我必須指出，就如貴公司的廣告，我也相信，一根健康快樂的虛擬GG可以帶來彩色的第二人生。但所謂健康快樂的GG，究竟有沒有普世的客觀定義呢？

　就以貴公司第一代的產品來說，一支遵循達爾文原則、以到處撒種為目的的GG，可能是最自然、最健康的，卻也是最受道德譴責、最不快樂的。同樣的，一支依照斯多噶主義打造的GG，可能是最強硬、最斯巴達的，但還是快樂不起來。

　我想問題出在貴公司的生產哲學。你們的程式設計師似乎並不認同李維史陀，也不像柏拉圖那樣相信這世界是有結構的。但假如沒有結構的話，人類所有的記憶、思考、預測和行為，都將失去意義。

　而意義，可能跟文法一樣，都是預先鋪設在我們腦海裡的深層結構。沒意義，就像不符文法的句子，既遭人嫌，又惹人氣。

　這就是我現在的GG愈來愈憂鬱、愈來愈沉默的原因，也正是貴公司V3.07.012產品面臨的困境。

　祝你們下一代的產品更快樂！

四、陰毛是意識參與演化的證明？

　快十點了，阿魯吧裡人漸漸多了起來。我點了根雪茄，Bolivar的Longsdale；並要JTB開了瓶Tripel Karmeliet。

「厚～，你這樣子會不會太性感啊？」JTB說。

看ㄅ～，我差點忘了自己現在是COM的打扮，我現哪來的GG啊！

再這樣下去，我不人格分裂才怪。

不容否認，一個獨自坐在吧枱前喝酒的女人，本身就充滿了性暗示；如果這時還用蓮花指捏了根雪茄，專注地思考快樂GG的普世定義，那不是一整個給他妖嬌到不行了。

「你這身模樣，」JTB邊說邊擦著開口杯：「要不是我認識你，早就撲到你身上去了。」

「來啊，誰怕誰，烏龜怕鐵錘。」講完我驀地驚覺，這種對話不是COM內建的ATP自動語言應答程式最擅長的嗎？現是怎樣，是我的人格快被COM併吞了嗎？

我對著吧枱後方的鏡牆凝神了一會。那不是整片平滑的鏡面，有的突出，有的凹陷，藉由分格立體的設計，可以映射出無窮的人影來。最神奇的是，只要用程式改變一下分光的角度，就可以讓正在顧影自憐的人從鏡面中憑空消失，就像魔術師可以在你面前讓大象消失那樣。JTB最喜歡用這招把妹了。

「你又把我藏到哪去了啊？」她們最愛這樣發嗲。

然後JTB就會唱起他那第101首的招牌歌：「在這裡，在那裡，不要迷失你自己……」

此刻我望著鏡中那個我，不禁又被那迷離的眼神牢牢吸住。太迷人了，那神祕的眼神。我想起第一次見到COM那晚。那裡面真的是包藏了太多東西，說不清的，那樣的迷濛。對，就像杜普蕾拉的艾爾加大提琴協奏曲，一層又一層的迷霧。

果然，沒多久，就飛來了一隻蒼蠅。

「一個人嗎？」他假裝在吧枱前流留挑選啤酒，不經意地問。

我向他嫣然一笑，順便用眼角的餘光勾了他一下。靠～，那種放送電力的感覺，沒想到還真TaMaDe舒服，害我整個身體都快狐狸精起來。

「可以請你喝杯酒嗎？」

「可以是可以，但是，」我脫口而出：「但是，我是蕾絲邊。」

看到他當場晾在那裡的表情，哇哈哈，我像吸了笑氣般，煞不住嘴角笑了開來。哇哈哈，爽爆了，我的第一個念頭是，我可以用這麼正點的身體把妹啊！對對對，專把蕾絲邊就對了。

剛才忘了提醒ROM，意識固然是大腦處理資訊的流程，但主動的心智活動卻不一定要靠意識。不信你去問人格解離症的人，他們每個人身體裡都住了好幾個我。而用我目前這樣的身體把妹，大概就是屬於無意識的心智活動中，最讓人激賞的範例了。

如果可能，每個人都會想隱形。隱形的最大好處是可以隨心所欲，卻不用付出任何代價；但先決條件是，你必須先讓自己進入高於四維的世界。就像二維的線條，永遠看不到螞蟻爬行的三維足跡，四維的人總是會把來自高維的影響當神鬼膜拜。你可以學柏拉圖《理想國》裡那個貧窮的牧羊人，戴上能隱形的金戒指，半夜溜進宮廷，色誘王后；並在王后的協助下殺了國王再篡位。在隱形的天堂裡，天下的午餐不僅都是免費的，而且還附送水果甜點和下次再來的招待券。H‧G‧威爾斯忘了提醒的是，你千萬不能在偷窺時興奮過了頭，射出三維的精液。

但不必，不必那麼麻煩，我不用先去盜取金戒指或商借黑斗篷。我不是隱形人，我是隱性人；我只要表明我是大剌剌的、如假包換的蕾絲邊，就可以明正言順公然把妹了，在她們毫無戒心之下，把得神不知鬼不覺的。

對，從現在起，巴比倫的第一美女是蕾絲邊，請大家告訴大家。

他仍杵在原地，一副暴殄天物的表情。

我也還他一個可愛又無奈的笑臉：「沒辦法，我也不是故意的。可能是因為我還在子宮裡時，我媽分泌了太多雌激素。」

「演化的機制怎麼會讓同性戀繁衍開來的呢？」

「所以說同性戀不是基因的問題嘛，是胚胎的環境出了差錯。」

「一切不都是基因決定的嗎？」

「但基因的啟動或關閉，還是會受到胚胎的化學環境影響。」

「所以基因只是命運的硬體，外力或環境才是命運的軟體？」

「沒錯，你可以說演化論是種族的大綱，基因調控才是個體的細節。」

「這聽起來很像拉馬克被達爾文抨擊的用進廢退說。他說後天的努力是可以遺傳的，長頸鹿的頸子就是一直努力伸展的成果。」

「你不覺得，人類陰毛的存在，就是意識參與進化最好的證明嗎？」我故意逗他說：「那是拉馬克自己沒搞清楚才被誤解那麼久。外力雖然不能在短期內改變基因組的圖譜，卻可能影響好幾代的基因表現型。」

「例如？」

　　「例如豐收時暴飲暴食的父親，會啟動子代肥胖和早死的基因；得了產前憂鬱症的母親，可能會引發小孩子哮喘；甚至，潤膚液中的花生油成分，會讓下一代對花生過敏⋯⋯DNA對甲基最敏感了。」我說到興起，下意識扭動了一下我的翹臀：「你知道換個位置就換了屁股、換了屁股就換了腦袋的真正意思嗎？」

　　「你是在影射政客？」

　　「不，我講的是胚胎發展學。」

　　「怎麼說？」

　　「從受精卵開始，細胞在分化時最重要的關鍵是什麼？」我忍不住喝了一大口Karmeliet，呼～！「位置，每個細胞要知道自己的位置。」

　　如果該長在屁股的細胞，搞不清自己的位置，長到腦袋去了，你說會發生什麼後果？

　　我說：「我們跟其他脊椎動物的差異，不在於細胞的種類，而是細胞的空間組織。同樣的腦細胞，只是因為多了那麼多道皺摺，就造成我們吃牛排，黑猩猩吃白蟻的後果。懂嗎？」

　　你以為有了暴龍的DNA，就可以打造一個侏儸紀公園？問題是就算給你最完整的基因圖譜，你還是不曉得要怎麼讓細胞各就各位。

　　演化和分化常常讓人搞不清方向。

　　「照你這麼說，空間的結構豈不是將先天決定意義的內容？」

　　「對，就哲學上來說，柏拉圖的理型世界就是這個意思。從前就有人認為，所有的歷史都可用地理來解釋。」

　　「那細胞是怎麼知道位置的資訊呢？」

「有好幾個方法，例如靠化學信號、成形素的濃度啦。像昆蟲的同源轉化基因，假如發生突變，蒼蠅的觸角就可能變成腿。」

「怪怪，我們是怎麼談到觸角、屁股、陰毛這種話題的？」他忍不住搔起頭來。

「都是你啦，誰叫你要問我為什麼是蕾絲邊。」我用我迷濛的眼睛勾住他：「看在我這麼誠懇的分上，你不用請我喝酒，但最好趕快給我找幾個蕾絲妹來。」

五、來到巴比倫王宮

大約三萬年前，一個剛死了老婆的山頂洞人手握石斧，走出洞口，看了看雨後初晴的天空，忽然覺得身邊所有的事情都假假的。雖然天還是藍藍的，草還是綠綠的，但他似乎覺得，我已經不是從前那個我了。他有種很奇怪的感覺想表達，但有限的詞彙卻不足以形容那種感覺，就算最粗猛的八個字以上的髒話都不能。他瞪著眼前一張獸皮好久好久，最後他張口大叫了一聲：「啊～～！」很長很長的一聲啊，直到啊不下去為止。然後他便頭也不回走下山去，往太陽下山的方向走去。他這一生會這樣一直走下去，他想。總有一天，他會走到日落之處的，他以為。

我走出LMA家的大門時，不由自主地想起了山頂洞人，那個哲學史上想像中最早為形上渴求所苦的祖先。我打開車門，讓背脊埋進駕駛座深處，對著方向盤說了聲：「去巴比倫。」電動懸浮車便

沉默地往前滑行。

一切都靜悄悄的。反相消雜音裝置（Anti-phase Noise Cancellation, ANC）使得街上所有的車子都成了失聲的馴獸。

「給我雷霸的聲浪。」我說。

車內的揚聲器立刻爆發出模擬骨董引擎的怒吼，低速時是低沉的三拍子爆裂聲。我還沒有聽音樂的心情，但從醒來到現在的沉默，已經快讓我喘不過氣來。雖然電動懸浮車並不需要排氣管的噪音，但人類的行為總會以奇特的方式保留住某些歷史的痕跡；開車時沒有引擎聲，感覺就像看默片，就是少了點什麼。雷霸專利的排氣管聲浪，因為高貴，所以很貴。據說那聲音的設計靈感，源自馬勒生前最愛的蘭德勒舞曲，重音在第二拍的華爾滋。妙就妙在即使高轉速時，雷霸也不會轉成F1尖銳媚俗的哨音。

但車外仍是靜悄悄的，連風切聲都被ANC消音了。路上車來車往，卻連一絲絲車胎滾動的噪音也沒有。人行道上除了幾隻正在自主訓練的馬拉松人，看不到任何阿貓阿狗。不知道為什麼，這些馬拉松人總讓人覺得，他們會一直這樣跑下去，像人體的永動機，像拜占庭的不眠修士Acoemeti。即使你車開過去了，即使你死了，他們還是會一直跑下去，那種感覺。

這個世界跟我當初離去時，似乎已經有什麼地方不一樣了。

「講個笑話吧。」我對多媒體播放器說。

「你想聽種族的笑話、性別的笑話、情境的笑話，還是關於小明的笑話……」

「隨便。」

「你知道嗎，我這一生最討厭兩樣事了，第一樣是種族歧視，

第二樣就是黑人。」

什麼嘛。

「在一架即將失事的飛機上，有一個中國人，和一個俄國人、一個美國人、一個日本人、一個德國人……」

一個你的頭啦，現在是要打世界大戰是不是？我轉到新聞台，有個金髮女記者正在火災現場訪問路人甲。聽起來好像是感情糾紛引起的蓄意縱火案。但問的是千篇一律的白痴問題，據說這樣會讓新聞更有臨場感。

「然後你就看到火舌冒出來了？」

「對啊。」

「這可真的嚇著你了，對不對？」

路人甲很努力裝出驚魂未定的表情。

對啊，我很想幫他回答，然後我就看到消防車喔咿喔咿飛過來，然後倒車時撞斷了消防栓，然後噴出的水柱濺濕了一隻橘皮黑骨的翼手龍，這件事讓火星人很不爽，因為火星人都是翼手龍或放山雞的後代。於是行星大聯盟決定派出聯合艦隊懲罰地球，幸好埋伏在大峽谷裡的變形金剛挺身而出，經過一場驚心動魄的混戰後，有個小孩講了個帶點黃色的種族笑話，讓聯合艦隊的艦長笑到躺在地上打滾，變形金剛才反敗為勝。可是地球也付出了慘痛的代價，成了太陽系裡最孤獨的行星，因為所有的鄰居都不跟它說話，連它想跟木衛二號借個鈾礦來發電都不行，這就是我們今天面臨能源危機的來由。

什麼跟什麼嘛。

所有的新聞都在好萊塢化，包括運鏡、特效和背景。金髮女記

者的背後就有個黑髮男孩一直在草地上跳啊跳的，不時還秀出手上的維納斯水槍，臉上同時流露出置入性行銷的笑容。

轉到下一台，氣象時間。氣象先生正站在大雨滂沱的荒野中，說三天後的暴風雨就是這模樣，然後一道閃電打過來，把氣象先生打倒在地上。四天後，氣象先生躺在床上，在水中載沉載浮，說暴風雨將會帶來水災。到了漁業氣象時間，果然，氣象人出現在釣鮪船上，背景那個男孩也在船上跑來跑去，揹著根釣竿，並且流露出置入性行銷的笑容，當然。

所有出現在新聞畫面背景的人都很可疑，尤其他們向你露齒而笑的時候。

抵達巴比倫王宮前，我還在納悶，那個氣象人會用衝浪板預報大海嘯嗎？

巴比倫王宮，更精確的說法，就是巴比倫的總部或旗艦店。事實上，所有巴比倫客戶需要的服務，都可以在網路上獲得滿足；所有巴比倫員工需要的工作，也都可以透過網路存取。一座現實界的巴比倫王宮，說穿了，就是巴比倫的活扛棒。而要吸引世人的目光，還有什麼比世上最大的3D虛擬成像建築更炫的？

說這是二十四時不打烊的建築，不如說是最前衛的光影雕塑。從遠方看，不論從任何角度，你看到的只是一團永遠在變幻的光影。一直要到護城河邊，整區建物的外觀才聚焦清楚，城郭山河，歷歷入目。巴比倫，人類最早的城市，就這樣出現在你眼前，具體而微。

守門士兵照例負有敬禮、陪照相的任務。軍帽上的絨毛纖毫畢露，如果不仔細觀察膚色的層次，你根本就不會想到，他們也是利

用虛擬成像技術做出來的。接待處的小妞個個風姿綽約，奇怪的是怎麼大家身高都差不多；至少，都不會高到給人壓迫感。

「May I help you?」可以我幫忙你嗎，一個小妞對我露齒而笑。

可以的，你可以給我一個幫忙或一打個幫忙或一千個幫忙都可以，但是可不可以請你不要再露出這種行銷式的笑容。「我想找客服代表。」我說，忽然被自己的男腔粗嗓嚇了一跳。

「你是巴比倫的虛擬公民？」

我點點頭。

「好的，麻煩你輸入ID和密碼。」她還是一直笑。虛擬成像的好處是再怎麼笑也不會累。「OK了，我會給你一個虛擬成像的分身，我們的客服專員馬上為你服務。」

我忽然很想找個真人講話。隨便講什麼TaMaDe的兒子都好。

六、這算田野調查，還是挑逗

我一個人在蕾絲吧裡喝酒。

不用說，我一進門時就引起一波漣漪；何況我事先用CCC程式，把自己搞成很T的樣子。

「一個人嗎？」吧枱裡有個俏麗的小娘，肩上披著長長的白絲棉，一邊用棉巾擦拭左手中的鬱金香杯，一邊用右眼興味盎然打量著我。

我點點頭，才用食指比了個1的手勢，就已經感覺到背後議論

紛紛的空氣。

像我這種新面孔，在這種地方，要不引起騷動才怪。

蠟燭，到處都是蠟燭。蕾絲吧的裝潢，硬是跟異性戀酒吧不同調。每張桌上都有擬真的蠋光，搖搖曳曳；就連走道、鏡台、牆角、窗櫺，隨處可見燭光飄浮在空中，閃閃滅滅。法拉第說，蠟燭，是通往自然哲學的最佳途徑。現在我大概知道是什麼意思了。低溫蠟燭，依A片物化的角度，應該就是通往女體的捷徑。

一根蠟燭飄到我眼前，問我想喝點什麼。

「Old Taylor, straight.」像我這麼T的「硬漢」，當然不能加水加冰塊。

吧枱裡的小娘瞪了我一眼，大概沒想到有人會點這麼硬的飲料。沒多久，一小杯波本就滑到我面前。

正點。

我一仰頭，乾了。

然後一股熱熱的回饋慢慢從肚子升到喉頭，然後我收到了超感晶片公司的回函。

To:愈來愈憂鬱的GG

From:SEX（Superchips of Extreme eXperience）

Subject:Re:請重新思考你們進化的方向

Attached:客戶個性傾向問卷、SEX最新產品目錄

親愛的愈來愈憂鬱的GG：

非常感謝你選用本公司的產品，你的批評正是我們不斷追求

完美的動力。遺憾的是，我們並不認為一根健康快樂的GG，一定要有普世客觀的定義。這種集體主義式的框架，只會讓我們的產品倒退回黑暗時代。你可以想像得到，要是我們推出數位加密的貞操帶，勢將讓本公司陷入萬劫不復的地步。

是的，李維史陀注定要憂鬱的，因為他的古典結構主義是靜態的，也是封閉的，並無法得悉世界的全貌。我們寧可依循皮亞傑動態的、發展的結構主義，來設計下一代的產品。我們相信結構本身就具有可轉換的特質，不然就會跟那些靜止的、腐敗的事物一樣，總有一天會失去解釋事物的功能。

這就是我們一直朝客製化目標努力的生產哲學。我們相信，只有依個體量身打造的虛擬GG，才是最能適應環境、最好用的GG。如果你自認是唐璜型的一代情聖，請認真考慮我們最新推出的范倫鐵諾2號；如果青春期的自瀆經驗至今仍困擾著你，那麼不妨參考我們剛改良的盧梭VI型。

當然，我們了解，你有可能因為長期使用，已經跟本公司的V3.07.012產生某種微妙的忠實夥伴關係，一時無法輕言割捨。那麼我們建議你先購買下載該版本的附屬電擊程式，那應該還可以讓你樂上一陣子；或者，盡速跟本公司的心理諮商師連絡。

格林童話的作者說過：「快樂像香水，向人灑得多，自己多少也會沾上幾滴。」

祝你愈灑愈多、愈灑愈多。

我想我遇到高手了，一個能把客戶抱怨的回函寫成新產品推銷函的對手，甚至還想勸我割掉自己的GG，只為了購買他們依皮亞

傑的發展結構學打造出的新產品？

我想我必須好好回給他們一記重擊。

四百擊不夠，至少也要六百擊。

呸～，從很早以前我就懷疑，客製化根本就是資本主義想多A點錢的陰謀，只不過披著選購配備的外衣而已。

「再來一杯？」小娘子終於擦完杯子，靠過來問。她叫少囉嗦（Do Not Ask, DNA），藍色的冷光名牌在燭光下更加顯眼。

「乾脆開一瓶，我請你。」

她趕緊搖頭：「這種，我一杯就醉了。」

「那給我麒麟。」為了把妹，我連生啤都喝了我。

「第一次來？」她邊拉啤酒邊問。

嗯。「一定要蕾絲邊才能來嗎？」

「蕾絲邊又不會寫在臉上。」她笑道：「像我，就是掰。」

MaDe，太正點了。還有什麼比雙性戀更適合做吧枱的。總有一天，我要勸JTB也去轉性。總有一天，世上所有的吧枱都會被掰佔領。

「別想歪了，我是為了寫論文才來打工的。」

「你研究蕾絲邊？」

「不，傅柯。我的主題是對傅柯追尋身體經驗的反思。」

我禁不住巴了一下自己的額頭。OMG，「但傅柯是個老給啊。」

他追尋到最後，不是把自己搞到愛滋死？

「沒錯。就是這樣我才認定，他的著作缺了女同志的觀點。」

「有什麼差別嗎？」

「我想弄清楚的是，男同志對性的熱中，跟女同志對愛的追求，究竟有什麼本質上的不同。」

「聽起來是滿有建設性的啦。」我喝下一大口麒麟，不禁嘆了口氣；「可是你應該知道，所有的反思、內省、自我觀察，在傅柯眼中，都是狗屁，都是自己思想的俘虜。」

「我知道啊，他說靈魂是身體的監獄。」

「不用那麼文謅謅啦。用古典分子神經學的白話來講，身體就是頭腦的奴隸；而用分子演化學的眼光來看，頭腦也不過是DNA的工具。」我說：「但是你不要忘了，就算我們的身體只是一座化學工廠，但身體的化學反應，隨時在影響頭腦的狀態和想法。」

「所以我一直認為，想深入了解傅柯，應該要從身體追尋極限經驗的角度開始；因為被馴化的身體經驗，是早就被各種知識範疇框限住的。」

「如果你贊同解放的身體才有可能鬆動既有的知識或權利，那你應該去搞薩德才對。他才是追尋極限經驗的老祖宗。」

「那你太小看傅柯了。薩德問的是：身體的極限經驗是什麼；傅柯問的卻是：身體的極限經驗可以不是什麼。」DNA忽然換了口氣，輕輕的，溫柔的：「話說回來，你的身體又有什麼極限經驗？」

看ㄅ～，這到底算田野調查，還是暗示性的挑逗？

我瞪著她的眼良久。

登登登，我忽然想到一件事，忍不住笑意，巴了一下自己的額頭。

我大概知道該怎麼反擊那封推銷信了，我想。

「等等，讓我先回封伊媚兒再回答你。」

七、你最大的性幻想是什麼

To:SEX（Superchips of Extreme eXperience）
From:愈來愈憂鬱的GG
Subject: Re: Re:請重新思考你們進化的方向

很高興貴公司能依皮亞傑的發展學，不斷推出改良的新產品。但我想提醒貴公司的是：顛覆，固然是創新的動力；可是傅柯說過，所有的顛覆，除了帶來快感的副作用，到最後，最好的下場也不過是主流知識和權力的新產品、副產品或改良品。當初最具顛覆力、煽動力的馬克思主義，不久就走上集權主義的覆轍，可說是這句話最好的注腳。

當然，你們會堅持說，你們的產品是自由主義的，是依個體量身訂做的多元主義，但這樣一來，勢將隨時淪為機會主義的騎牆派，而且可以預見，你們未來的GG，將會走上追求時尚的媚俗之路。而時尚，說穿了，其實也是集體主義的縮影和變形。

一支父權式的、集體格式化的大GG，不管其中包含多崇高的理想，依然令人作嘔。但一支客製化的、不斷追求時尚流行的小GG，同樣令人摸不清其頭緒和其終極追求。

問題在於你們一開始就搞錯了V3.07.012憂鬱的病因。維根斯坦

說，語言不能到達的地方，我們只有保持沉默。至今我們的語言還沒有為性準備好，也沒有為內建於性的死亡準備好；我想，這才是我的GG愈來愈不想開口的原因，也是所有的文學和哲學，碰到性和死亡這兩項主題就軟小小的的癥結。

　　PS.謝謝貴公司隨函寄來的折價券。同時買第二支打五折的優惠真的很誘人，但你們並沒有附上共時性使用的說明書，促銷廣告裡也沒有說清楚，第二支GG到底該放哪個位置。我更想知道，同時使用兩支，甚至三支，到底是薩德追求身體極限經驗的初衷，抑或那是屬於傅柯探討的範疇？

　　呼～，終於，我喘了口氣，向又在擦酒杯的DNA招招手。

　　「老實說，你到底是T，還是掰？」DNA果然是DNA，問話總是那麼直接，那麼咄咄逼人。

　　「你可以說我是個山寨版的T。」

　　「怎麼說？」她興味盎然看著我。

　　「我的身體裡住著一個無聊男人的腦袋。或者，」我慢條斯理地說：「用傅柯的話來說，我目前的身體是個無聊男子靈魂的監獄。」

　　「廢話，所有的T不都是這樣。」

　　「不，他們是頭腦把自己的身體當男人，但我本來可是個不折不扣、如假包換的女人。」

　　「你剛變性？」

　　「不，我根本沒想過要變性。我只是剛換了個腦袋，但並沒有換屁股。」

　　「你的意思是說，你的腦袋是男人的，但你的腦袋仍然認為你的身體是女人的。」

　　「完全正確。」

　　其實，我心裡想說的是：「怎麼樣，這種人你沒搞過吧？快來上我吧。我絕對是你追求極限經驗的另一種經驗。」

　　「有意思。」隨著引路的燭光，她領著我穿桌越椅，來到中庭花園深處。雖然昏暗的燭光讓你無法對焦，但依稀可以聞到清新的桂花香。

　　秋意，愈來愈濃了。

　　我點了一根菸，藉著火光，仔細讀了她一眼。似笑非笑，她的臉上掛著詭譎的表情。

　　雙性戀者，有可能對男女的性反應都有同理心的反饋機制嗎？我忽然好奇起來。

　　「現在，你可以告訴我，你最大的性幻想是什麼嗎？」她說。

　　「性幻想是個隨時在更新的資料夾，」我糾正她：「其中沒有所謂大小的問題，只有新舊的問題。」

　　我現在最新的性幻想就是你啦，笨蛋。

　　「哈，你也會臉紅喔。」她一眼就識破我自認狡點的逃避式答法。

　　臉紅是個無解的問題，為何演化讓我們說謊時會臉紅？為何我們說謊時還要讓對方有所警覺？達爾文一直給不出個好說法。也許臉紅唯一的好處是有助於化解對立，或藉由洩漏自己的弱點而增進親密感。像我現在這樣。

　　「那麼，談談你的性癖好吧？」

我……我……我……難道我要跟她說，從前我的身體有吞陽癖，但現在已改成舔陰症了？不行，醬下去，我遲早會淪為她研究論文裡的一項數據。

「如果你讓你的論文裡，充斥著手銬、皮鞭、戀塑膠癖或排泄症候群之類的字眼，那絕對不會是篇好論文。」

「你不能否認，性行為脫離不了宰制的痕跡。」

這……這……「也許……因為……這個……那個……暴力是性的老祖宗。」

她猛搖頭：「我倒覺得他們比較像兄弟，不像父子。」

就醬，我們有一搭沒一搭的，一路從性、暴力、權力一直聊到死亡；我也一路從日本的麒麟，喝到新加坡的老虎、泰國的獅王、比利時的大象。一喝到比利時，我的頭又開始麻些麻些起來。

「但你不要忘了，沒有性，哪來衰老和死亡。」

「怎麼說？」她的假睫毛眨啊眨的。

「你看這些小傢伙，」我指著大象酒杯中的酵母菌說：「他們從來就沒有成長、衰老和死亡的問題。只有當環境不適或養分不足時，他們才會集體滅絕；但我們就算有再充裕的環境和養分，還是難逃一死。」

「因為他們是無性生殖的？」

「對，假如性是人的原罪，那你可以說死亡是性的原罪……或是救贖。」

「救個屁啦，我才沒那麼迂腐咧。」

漂亮。我恨不得一把將她摟過來，但一看到自己婀娜多嬌的身軀，忽然像個洩了氣的皮球，一整個沒力起來。

看ㄅ～，醬是要怎樣把妹啊？喝酒就喝酒，談什麼死不死。

但也許問題不在這裡。

忽然一個念頭閃過，讓我害怕起來。

說不定，我正面臨的是來自COM的攻擊。

那個我目前暫居的身體的反撲。

雖然COM只是個圖形人，不會有肌肉記憶、細胞記憶這些有的沒的糾纏，但誰知道呢？誰知道在圖形人的深層記憶裡，藏有什麼連PKN都還不了解的東西？一些不相容的、驅動程式的排斥效應？或是沒殺清的、殘存記憶的反噬？

搖了幾下酒杯，我把最後一口大象乾了；再搖搖頭，卻怎麼，就是搖不掉那股不祥的預感。像是低音弦和巴松管帶出的陰鬱主題，揮也揮不去，一直在盤旋盤旋。

DNA還是興致勃勃地看著我。

八、酗酒是低層次的尋找上帝

於是我挑了一個虛擬成像的分身──不用說，是個帥到不行的分身，在接待室裡，見到了巴比倫的客服專員──不用說，也是個美到不行的分身。

「有什麼需要幫忙的嗎？」她露齒而笑，一整排的編貝。

「我想我遇到麻煩了。」我沉吟了一會，才繼續說：「我想要知道我是誰。」

她有點困惑，但還帶著微笑：「怎麼回事？」

「可能這幾天在巴比倫喝多了，我今早醒來時，竟然想不起所有的事，包括我自己在內。」我努力露出尷尬的表情：「也不曉得喝了什麼鬼東西。」

「有這種事？」她一副不可置信的表情，卻仍保持著笑容：「但你記得自己的ID和密碼？」

「那是唯一貼在我桌前的便利貼。也許你們可以告訴我，關於我的一些事情。」

「你稍等。」她用口中的藍牙連絡上工程部，窸窸窣窣討論了一會兒，才轉頭對我說：「你可能是第一個案例。想必你也知道，照理說，數位的記憶是不會褪色的。」

「是飲料的問題嗎？」

「有可能你碰到了駭客。」

「他們駭我的記憶幹嘛？」

「每個人的記憶都是筆資產。是資產的話就可以轉移、買賣。」她試著放柔聲調安慰我：「不過你放心，我已經請工程部轉特調部調查了。」

「問題是我現在怎麼辦？假如我不知道我是誰的話，我要怎麼在巴比倫生活？」

「這⋯⋯」

「但我想在雲端，你們應該還保有我的所有資料。」

「你想取回你的個人資料？」

「完全正確。」到目前為止，這是我所能想到的，了解LMA的捷徑。

　　「好，請稍待，讓我先核對一下你的基本資料。」她瞪著手上的水晶顯示幕問：「你最喜歡的電影是……？」

　　「等等，」我搖頭苦笑；「我就是想要我的基本資料，才親自跑這一趟的啊！」

　　「你意思是說，你把你現實界的記憶也遺失在巴比倫了？」她有點困惑：「但根據我們的安全機制，單憑ID和密碼，並無法授權你進入雲端存取備份。」

　　「你意思是說，即使我本人站在你面前，也無法證明我是我，假如我不知道我喜歡哪部電影的話？」

　　「你知道，保護，就意味著某種程度的不方便。」她轉換成很為難的笑容。「但，確保客戶私密資料的安全，是巴比倫存在的基礎。更何況……」

　　我瞥見她無意識翹起了腳，身體也稍微後傾，依行為學家的說法，應該是心防鬆懈了點。

　　「何況，你已經是我們鑽石級的客戶。」

　　「那有啥差別？」

　　「鑽石級的公民享有最高等級的擬真服務。」

　　「例如……？」

　　「即使你回到現實界，我們還是會透過各種途徑，例如電郵、網站、簡訊，或你身邊可能出現的人，讓你有仍置身巴比倫的感覺。」

　　我終於知道，LMA為什麼會有這麼先進的電子隱形眼鏡了。至於鑽石級，要嘛是因為他繳的年費，要嘛是因為他的居住時數，要嘛以上皆是。

「但這樣子，不是會混淆真實的人生嗎？」

她噗哧笑了出來：「這不是所有玩家追求的最高境界嗎？」帶著憐憫的眼神，她好像很可憐我的頭腦已經迷失在雲端了，隨著我被駭掉的記憶。

「我可以申請暫時停止這種鑽石級的服務嗎？」

「問題是，你還沒有向我們證明你是你。」

第一次，我感覺到，巴比倫這個虛擬遊戲有點邪門。

「為什麼人們會追求這種混淆的真實呢？」

「問得好，為什麼有人會嗜吃麻辣？為什麼有人要酗酒嗑藥？」

卡爾・榮格說，酗酒是低層次的尋找上帝。那麼，沉迷虛擬遊戲，究竟是低層次的尋求陪伴？抑或是高層次的追求經驗的極限？

不，我想問題沒這麼簡單。LMA說過，他終日待在巴比倫裡，只是在找些什麼他還不懂的東西。

那到底是什麼？

「對了，可以幫我打聽一個朋友的下落嗎？她叫ROM，也許找到她，可以解除我目前的困境。」

她讓水晶幕跑了一下：「對不起，我們沒有這筆資料。」

不出所料，我忍不住了：「對不起，我先告辭一下。」取消掉分身，我立即啟動眼鏡。

不出所料，LMA還在喝酒，但換了家奇怪的酒吧，身邊還依偎著怪怪的吧枱妹。看到我，他臉上先是掠過一絲驚惶，隨即轉為尷尬。

寄居在COM身上的LMA	寄居在LMA身上的ROM
嗨,怎麼了?	厚～我才剛離開,你就頂著我的身體去把妹?
這⋯⋯說來話長,我正在懷疑,你原來的性向是不是蕾絲邊咧。你人在哪?	在巴比倫王宮。他們說你是鑽石會員!
怎麼,你一回去,就跑去打聽我的資料?	我總要知道你的一些基本資料才能出來混啊!
所以⋯⋯現在你摸清我的底細了?	不,他們不給,因為我不知道你最喜歡的電影是啥。
MaDe,你想知道,隨時跟我講一聲嘛!	更糟糕的是,這裡也沒有我的半點資料。
廢話,就算有,他們也不會給你的。不過,這至少證明了我倆目前都還是安全的。	但你不覺得巴比倫這個城市有點邪門嗎?
虛擬的東西你能當真嗎?	不當真怎麼虛擬得起來?
這在當初打造巴比倫時,早就舉行過大辯論了。	辯啥?

我們到底是要近乎逼真的現實，還是要打造想像中的現實？	這不等於是問：要人間，還是要天堂？
結論是在近乎逼真的現實中，追求想像中的現實。	這種問題，不用想也知道結論八成是騎牆派的。難怪我愈來愈覺得，巴比倫這遊戲的本質比較像宗教或鴉片。
怎麼說？	如果不是宗教，你會沉迷到成為鑽石會員，連在現實中也要維持那種混淆的幻覺狀態嗎？
你明知道我是無神論者，怎麼可能沉迷到宗教裡？	對，問題就在這裡。你以為宗教是怎麼發展起來的？
我不是跟你說過，宗教起源於恐懼。	但宗教能夠這麼普世化，你有找到演化上的解釋嗎？
理智與感情是人類演化出來的兩手策略。	沒錯，錯就錯在大家都以為，科學發展那麼多年，仍不能取代宗教，是因為宗教在人心中，有它感情上存在的理由。
不然咧？	錯了，宗教植根於人心，利用的其實是理性。信仰，是我們的頭腦為因果律遲早要付出的代價。
怎麼說？	你沒發覺，世上普及的宗教，都要有一套對這個世界的解釋？

你的意思是，宗教利用了植根於理性中最深層的那個因果律。	沒錯，就因為那是最深層的作業程式，所以你拔都拔不掉。
這跟我沉迷在巴比倫有何關係？	我想我大概了解你如此沉迷的原因了。你一直在找的，只是對這個世界或那個世界的一個解釋，不是嗎？
或許吧。	這跟宗教有啥不同。
但宗教上的解釋，大多來自於邏輯上驟下結論的謬誤。	你可以否定他們的解釋，但說到底，你終究還是無法否定因果律這個神。

這樣，你還能堅稱自己是個無神論者嗎？

我別過頭，關掉眼鏡。

算了，我想，管他找什麼解不解釋，他可以繼續沉迷下去，我該盡快找到DDT才是。

大步走出巴比倫，埋進深軟的車座裡，我點了根菸，深深吸了一口。然後，朝日落的方向駛去。

車內的互動式音響系統（Interactive Audio System, IAS）像是能感應到你的情緒，一下子就流洩出鬼魅般的女聲：

落葉飛散的黃昏裡
細訴著將臨的寒冷。

五輪真弓唱的〈戀人〉。

遠方，楓葉逐著餘暉，正一路朝山腳燒去。

第六章／相逢在擴增實境中

一、當我的心跳愛上你的血壓

不知道為什麼，黑森林酒吧門口總是有幾個熱血教徒在發傳單。他們要不是告訴你世界末日到了，就是希望你戒菸，或是趕快回家關上電磁爐，或以上皆是。

我沒搭理他們，逕自推門而入，挑了吧台最裡邊的角落，DDT上次視訊的落腳處。

就這個位置，從此他沒消沒息。

沒變，一切都沒變，跟我離開人世前沒兩樣，假如我真的曾車禍死亡的話。典型的德式啤酒吧，馬蹄鐵形的吧枱內，樹立了七八支生啤酒的拉把。最迷人的還是那黑檀木紋的枱面，鋼琴烤漆熠熠生光，樹根深邃的瘤紋，如獅如象，從馬蹄鐵正中央呈鏡像向兩邊伸展開去，左右對稱、分毫不爽。八字鬍老闆最得意的作品。「我親自貼上去的，」他總是對新來的客人炫耀：「全都同一塊樹根片下來的。」枱面邊緣，用銅環串起一條U形銅管，繞行馬蹄鐵周匝，晶晶亮亮。黃銅，黑檀，配上紅絲絨杯墊，MaDe，讓人看了就想喝酒。

還沒落坐，Catherine已含笑靠上吧枱：「第一次來？」她肩上依然披著那條擦拭酒杯的白絲巾。「你好，我叫Catherine。想喝點什麼嗎？」

我這才想到，她當然認不得我現在這身借來的模樣。「Doppelbock。」我說，DDT上次點的。

說不定問題就出在這酒上頭。

她一如往常，緩緩拉出酒液，很細膩地刮掉多餘的泡沫，再輕

輕補足啤酒的分量，隨手一推，肥胖的酒杯鋪滿恰好三分的泡沫，沿著枱面下隱身的導航裝置，叮叮咚咚，和著二五六和弦的樂鈴，優雅地滑到我面前，不偏不倚。挑剔的客人甚至可以客製化自己喜愛的歌曲，像是〈鑽石與星塵〉啦，〈答案在風中飄零〉啦，諸如此類。

然後她對著腕機屏幕端詳了一會，笑了開來：「好巧，你也用跟我同個牌子的身體感測器喔？」

「什麼？」

「你看，它說你的心跳跟我的血壓很適配呢。」她晃了一下手腕，把影像丟到我的腕機上。一顆紅心正隨著脈衝砰砰砰跳，鮮血源源不絕泵入。

「你怎麼知道我的心跳？」

「只要你沒設定保護碼，我的藍牙就可搜得到。」她有點怪我老土的樣子：「你不是有開啟感測器的社交應用程式嗎？」

我啟動眼鏡，上網股溝了一下，才搞清楚那是一套完整的生命數據監控裝置（Life Bits Monitor, LBM），內建於身體和衣服的微型感知器裡。不只心跳血壓汗水脈搏，所有跟個人有關的生命軌跡都會記錄下來。最先進的裝置甚至可以數位化你的所有感覺。

說不定等下我一出門，就會有人跟我說：「嗨，你的眨眼頻率跟我的腎臟排水量還滿適配的。怎麼樣，交個朋友吧？」

或者：「喂，你的GG戰鬥指數未免太弱了吧，要加油喔！」

早知道就要LMA先設定好保護碼。

「你知道心跳跟血壓最適配的隱喻是什麼嗎？」

她搖搖頭。

「是接吻。」這下換她臉紅了。我搖搖頭：「你覺得社交應用程式是純惡搞的遊戲，還是真的有根據？」

「你想跟人交朋友，總得先交個心吧？」Catherine笑笑：「你想要的話，我可以開放一些我的數據給你看。」

「很好，但我想先跟你打聽個人。」我丟了段DDT一直在喝酒一直在喝酒的視訊給她看。「有見過這個人嗎？」

「你等一下。」她用腕機搜尋了一下前幾日的生命軌跡，沒多久，就找到了她跟DDT打招呼那一幕：「你好，我叫Catherine，再來一杯嗎？」

「後來呢？」

「他說他過幾天還會再來，但後來就不見蛋了。」Catherine聳聳肩，「你會相信醉鬼講的話嗎？」

「會啊，醉鬼講的多是真心話，只是酒醒後常常做不到。」

她略顯稚氣的臉頰上，不由自主流露出哼老娘看多了的神情。

「那麼，你見過這個人嗎？」我秀了張我生前的自拍給她看。

「你說Lucia，有啊，她前天才跟大鼻頭來過。」她在腕機上撥了兩三下，叫出前天的生命軌跡給我看。

「她還活著！」我差點失聲叫出來。沒錯，是她，不，是我。

我看到她，不，我看到「那個我」很自然跟著大鼻頭進來，落坐，點酒，聊天，喝酒，打屁。但談話的內容，從Catherine的腕機聽不清楚。

「你的腕機好像能幹很多事？」我問。

「怎麼，你的也可以啊。」少老土了，她說只要接上隨身錄，每個人每天看的做的吃的聽的聞的想的都可隨時備分到腕上的記憶

體。

「想的？」

「你身上不是有腦波記錄器嗎？聽說再過一陣子就可從腦波讀出你的意念，到時再外掛個翻譯軟體就行了。」

「看來，你已進入完全記憶的時代了，像廣告上宣傳的。」

「拜託，那廣告早過時了。做我們這行的，記憶能不好嗎？」

「那謊言應該要愈來愈少才對啊！」

「為什麼？」

「記憶模糊之處，謊言蔓延之時。」我套用廣告詞說：「虛構和想像會自動填補空白的記憶啊。」

「難怪廣告上說，以後人類的歷史就不會再有謊言了。」

「哼，」我笑了：「歷史，只是權貴的小說；小說，才是小人物的歷史。」

「但小說，通篇都是謊言啊。」

「你以為我們有可能建立起沒有謊言的世界嗎？」

「為什麼不行？」

「因為謊言內建於語言，就像死亡內建於性。」我忍不住喝下一大口Doppelbock。不曉得是不是受到LMA身體的影響，我覺得我愈來愈LMA，連講話喝酒偷看女生都是，真的是有夠TMD、OMG。

我忍不住跟她說，依據索緒爾的結構語言學，語言的意義，其實源自一個本身無意義的再現系統，就像所有的程式都是用來執行的，但本身是毫無意義的。在那個系統中，詞與詞的鄰接關係，自然會產生轉喻；句子與句子的代換關係，則會產生隱喻。這樣的結

構理論，早就暗示了謊言的不可避免；因為轉喻和隱喻，正是謊言滋生的溫床。

　　果然，我才簡單講了幾句，還沒開始舉例，就唬得她一愣一愣的。這時我才體會到，為什麼LMA每次談到哲學就那麼興奮。

　　我覺得我胯下有樣東西又開始蠢蠢欲動起來。

　　真的有點給他OMG。

　　「這麼說，謊言不是演化出來的囉？」

　　「不對。人類社會最早的八卦，正是要抑制誇飾和謊言的機制。有了小團體的流言，謙虛和誠實才有演化成為美德的可能。」

　　「謊言不是具有強大的演化優勢嗎？」

　　「如果你永遠不知道語言的起源，談謊言的演化就沒有意義。所以結構主義才會拋開歷時性的包袱，專注共時性的研究。」

　　「這就是為什麼在愛情中，謊言總是不會容許自己缺席的原因嗎？」Catherine興致勃勃問道。

　　看得出來這小妮子正在談戀愛，我篤定，只是不明白，為什麼每個戀愛中的女人，總是會刻意隱藏卻又不由自主流露出「我在戀愛」的訊息。也許那裡面暗藏著古老的演化機制，是卵子應付精子戰爭的最佳策略。「你聽過愛情與麵包的轉喻和隱喻嗎？」我隨口謅了一句：「真誠像愛情，令人動容；謊言如麵包，既甜美又不可或缺。」

　　「有意思，再來一句。」

　　「麵包如老婆，臃腫樸實，卻一日不可或缺；蛋糕像情人，風情萬種，但天天吃會膩死人。」

　　「那謊言到底是等於老婆還是情人？」

　　不對，我忽然想到，既然我們無法想像一個有語言卻沒有謊言的世界，說不定我記憶中的死亡，只是一句我自己都不知道怎麼回事的謊言。

　　要不然我剛剛看到的「那個我」是怎麼回事？

二、灰天鵝帶來了反蝴蝶效應

　　就著昏暗的燈光，我瀏覽腕機上Lucia的舉手投足。從Catherine的LBM擷取過來的。

　　我望著她，或者說是看著我死後另一個活著的我。她若無其事地跟人打招呼，她專注嗅著酒香，她閉目享受著音樂，她輕搖款擺腰肢，她微醺的兩頰透出自然的腮紅，她迷濛的眼神穿不過前方的煙霧。

　　啊，那曾經屬於我的美好時光。

　　我按下重複播放鍵，盯著她良久良久，忽然有股不想打擾「那個我」的衝動。

　　既然她還活著，既然她還在享受生命，也許我唯一該做的事，就是把自己Delete掉，避免造成任何干擾。

　　我跟Catherine要了杯重口味的，慕尼黑的黑啤，並且點了首〈蒙娜麗莎〉。

　　「你怎麼知道Lucia常聽這首歌？」

　　因為我就是Lucia啊，我差點脫口而出。

「沒什麼，任何人只要讀過羅蘭・巴特，都會愛上這首歌的。」我說。

你用微笑來引誘情人嗎，蒙娜麗莎？

或者這只是你掩飾傷心的方式？

……

你熱情嗎，你真實嗎，蒙娜麗莎？

或者你只是冷漠可愛的藝品？

星期二總是酒吧的死亡之夜，沒什麼人客。

「你想Lucia今晚會來嗎？」

「誰曉得，她動不動就會搞失蹤一陣子。」Catherine聳聳肩：「怎麼，你無聊嗎？」

我無聊嗎？

我用喝酒來引誘情人嗎，Lucia？

或者這只是我掩飾無聊的方式？

我活著嗎？我真實嗎，Lucia？

或者我只是一段自己都無法確定的記憶？

一段別人的隱喻轉喻或詮釋？

Catherine說：「或者，你明晚可以跟我一起去趴踢。Lucia也會去的。當然，你想要用虛擬分身出席也可以。」她把趴踢的邀請函傳到我腕機。

「怎麼會想找我去？」我興味盎然注視著她。

她揚起眉毛頑皮道：「因為你的心跳跟我很適配啊。」

　　不會吧，這麼快！「你是我們的鑽石級會員。」我想到巴比倫客服最後說的：「即使你回到現實界，我們還是會透過各種途徑，例如電郵、網站、簡訊，或你身邊可能出現的人，讓你有仍置身巴比倫的感覺。」

　　「你的朋友是巴比倫的鑽石會員？」

　　「不是鑽石咖哪能參加這種等級的趴踢。」

　　說不定Catherine只是巴比倫的傳聲筒，隨便唬弄個名義讓我再回到虛擬世界？但也許本來就有這麼一場聚會，不然她不會說Lucia也會來。問題是我根本無法判定這兩種可能的真偽。

　　我怎麼讓自己置身於這種兩難的境地呢？

　　有點不確定下的不安全、又帶點刺激的感覺。

　　好像我面前擺了個黑色的恐怖箱，我該不該把手伸進去探個究竟？

　　「好啊，」我不知不覺又把黑啤喝光了：「但我想以真人的身分參加。」

　　「隨你。」她不經意地說：「再來一杯嗎？」

　　「給我最強的。」

　　「那就UNERTL的黑啤。」她給自己也倒了一瓶。

　　「嗯。你去過那種趴踢嗎？」

　　「不會吧，難道你要告訴我，你從來沒參加過？」她又露出那副被老土嚇到的表情。

　　MaDe，今晚是怎麼了，我才回來沒多久，就已經成了山頂洞人那一級的骨董。

　　終於進來了一對年輕的情侶，挑了個角角落坐。Cathrine隨即

趨前招呼酒水。「你好，我叫Catherine。想喝點什麼嗎？」

我再次盯著腕機上Lucia的形影，像在觀察另一個我那樣。她談話的手勢，她啜酒的唇角，她抽菸時自然蜷曲的蘭花指，她瞪著煙霧若有所思的神情……那是我嗎？或者，那不是我嗎？從某種意義上來說，是的，兩者皆是，兩者皆非。是的，假如我已死亡，那麼我根本就應該不會也不可能看到眼前的Lucia；假如我還沒死，那麼我眼前的Lucia也根本應該不會也不可能是我。所以我是怎麼一回事？眼前的那個我又是怎麼一回事？

「當我們不觀察含羞草時，含羞草還會是含羞草的樣子嗎？」

我想起上次PKN向LMA說明量子論時，提出的問題。

「你的意思是，當我們不觀察含羞草時，含羞草就不會害羞了？」

「我的意思是，只有當觀察者介入，才能確定量子的位置或速度啦，笨蛋。」

「我知道啦，可是這不需要薛丁格來證明啊。康德早就說過，物體不是我們看到的樣子，而是另外有個『物自身』。」

「對不起，物理不討論那些無法觀測的命題，只討論可以測量到結果的，像位置或動量，才有意義。」

「那塞尚應該是最早的量子論先驅。你看他畫的向日葵，就是觀察者介入後才看到的向日葵。」

「我講的是微觀的量子世界，不是印象派。」

「可是沒道理量子論只能在微觀的世界才能成立。向日葵不就是由好多好多量子形成的嗎？」

對，不只是向日葵、含羞草，就連我，觀察者自身，也是由好

多好多量子組成的。為什麼不確定的量子可以組成確定的物體？假如物體真的另有物自身的話，是不是觀察者之外，也該有個觀察者自身呢？但假如觀察者自身的動量和位置也是無法同時確定的，怎麼去觀察到可確定的動量或位置呢？讓一團不確定的量子觀察另一團不確定的量子，到底是什麼意思？

就像我現在觀察「那個我」一樣。

假如我不在時，含羞草還是含羞草嗎？世界還是原來那個樣子嗎？

我的頭開始麻些麻些起來。可能是LMA的身體不習慣德式啤酒的衝擊，也可能是Cathrine拉的啤酒真的有問題，我眼前擺了好多好多可能，我該怎麼辦？

我要了一shot的伏特加，Grey Goose，仰頭，一口，乾了。

灰天鵝像提著汽油桶來救火，潑灑在我體內的問號上，嘩一下子就燒上了我的喉頭，然後我遭遇到了此生最強烈的反蝴蝶效應（Reverse Butterfly Effect, RBE），像墨西哥灣颳起的颶風，讓太平洋某個小島上的一隻樺斑蝶緩緩收起翅膀，棲息在蝴蝶蘭上頭，我的眼睛漸漸瞇成了一條線，我的頭也不聽使喚，緩緩貼到吧枱上，非洲黑檀樹根瘤紋上頭，不偏不倚。

三、關於高等文明的娛樂事業

衡量文明先進的尺度，除了觀察他們利用能源的效能外，也可

以檢視他們娛樂事業的複雜程度。

俄國天文物理學家尼可萊‧卡達雪夫曾經依能源的消耗量，將文明的發展區分為三類。雖然那樣的分類法充滿了帝國主義的一廂情願，但依照這種分類，來考察各文明的休閒產業，或許可以發掘出所有文明的共同特色。

以人類為例，在第一類文明的第一階段，我們剛開始學會馴養其他生物，利用其他生物的能源，結果就發展出了鬥雞、鬥狗、賽馬之類的娛樂。當這階段的文明發展到能建立起一個帝國，我們甚至把人放到競技場相鬥，並且從中得到莫大的樂趣。基本上，這是一種奠基於消耗生物能源的休閒產業。

到了第二階段，我們學會了使用礦物能源，結果就發展出了賽車、賽飛機、賽火箭之類的娛樂，並且把人放到車內和機艙內，看誰能撞毀最多的車子、打下最多的飛機，並且稱呼他們為英雄。

第三階段，也就是我現在身處的文明，我們已經能充分利用分子能源，正準備朝第二類文明邁進時，卻發生了奇怪的事。我們竟然迫不及待把自己放入分子內，創造了虛擬城市，然後在裡面圍剿自己創造的怪獸，或是構建下一個虛擬帝國。

令人驚訝的是，我們利用能源的技術如此突飛猛進，我們休閒娛樂的本質竟然跟原始人如出一轍。

假如我們的文明沒有在這個階段被毀滅，那麼我們就會進入第二類文明。依卡達雪夫的看法，那時任何已知的自然災難，如冰河期、隕石撞擊、超新星爆炸都已無法摧毀這類文明。那時我們會從事什麼娛樂呢？我們很可能會把罪犯放入星際飛船內，然後要他們在星際競技場內互相撞擊，並且從中得到莫大

的樂趣。

假如這類文明沒有毀在自己手上，順利地過渡到第三類文明，那時我們已可在銀河系來去自如，在數百億個恆星系殖民，那時我們還有啥好玩的？那時，我們可能會油然生出鬥雞、鬥狗的鄉愁，於是在培養皿裡看阿米巴或染色體相鬥；要不然就玩大一點的，讓兩個星系比賽，看誰能發展出更先進的殺人武器或玩具來。

我在會所外無聊地等候Catherine的到來，無聊到得出一個結論：娛樂事業顯然是被基因預設的行為，而消耗愈多能源的文明，休閒產業跟軍火工業的關係愈密切。

前方電火條下，有一對小情侶正在鬧彆扭，音量愈來愈大。

「我不是跟你說過，我不想再見到他了嗎？」小男生嚷道。

「廢話，你以為我願意搞成這樣子啊！」

沒多久，他們就開始以言語互相羞辱對方。

人類會因為語言文字而生氣、而喜悅、而波動，實在不是用鏡像神經元就能解釋的，那裡邊一定還藏有什麼不為人知的機制。

我右手邊有個渾小子，就是那種每次看到你就想從頭上給他巴下去那種小子。他大概等同伴等到不耐煩，已經無聊到自己跳起舞來。他身上不知哪個地方配備了舞蹈訓練機，只見他隨著節奏，扭腰擺臀，每一步，都準確地落在地上的腳印陰影中。

我端詳了老半天，仍然看不出那些指引舞步用的腳印是怎麼投射出來的。

假如舞蹈算是某種肢體語言，我想他正在饒舌的是：「Check in, Check out，為什麼她還沒有來？Rolling up, Rolling down，什麼

時候我才能離開？啊～今晚的月色好蒼白，明天的你，還讓我愛不愛？王家的小明愛上了隔壁家的小花，但小花是一條狗啊，你說～怎麼辦？月台的火車啊就要開，昨天的太陽啊，明天還是照樣爬上來。如果你還有欠我錢的話，就別再來～煩我，煩我，因為老子我就是錢多～錢多～錢多多……」

如果我會這種舞步，我恨不得馬上秀一段跟他說：「Shut up, Shut down，為什麼你還停不下來？吃藥時間到了啊，就別只顧打嘴砲。李家的大嬸昨天買了兩斤韭菜，並不是要做水餃，只是想把它丟掉。Check out, Check out，你媽媽的錢多關我屁事啊，就算你可以周遊宇宙。月亮掉下來的時候，最好你趕快夾著尾巴跑掉……」

直到Catherine從後方用手肘頂了我一下，我依然對一種語言能夠把意義消解到這種地步嘆為觀止。

舞蹈如此，音樂何嘗不然。其實只要我們想要，我們隨時都可以讓整套語言符號系統的意義崩解，不是嗎？

「但我們只能靠語言思考！」LMA說過，但追求意義的大腦，說不定就像追求性高潮的雌性，對一心只追求複製和繁殖的DNA來說，都是沒意義的事。

「不對，高潮會引發子宮頸黏液和陰道壁薄膜的變化。即使沒有精子射入的高潮，至少可以為性交的潤滑做準備。何況，」我說：「呈酸性的子宮頸黏液，還可以對抗傳染性有機體的入侵。」

「但那對受孕有任何直接的幫助嗎？」他堅持道。

「說不定，追求意義的大腦對個體的生存也有間接的幫助啊。」

「比如說，為了追求優生學而發動種族大屠殺？」

213

四、把液體穿在身上

「你看得出那小子在跳什麼舞嗎？」進場前我忍不住問Catherine。

「你說那小子啊，」她瞧了一眼腕機上翻譯軟體的信息，「他在問，嗨老兄，你今晚想請我喝酒嗎？」

入口處有座掃描器，人來人往，但都要刷過腕上ID才得進出。我才一通過，眼前就冒出滿天星鑽，嚇了我一跳。

「厚，原來你也是巴比倫的鑽石咖。」Cathrine嘆道：「你跟本不需要我帶你進場嘛。」

我頭頂前方游來了一尾虛擬的熱帶魚，紅嘴黃腹藍紋，在黑暗中透出冷光。

「請跟我來。」熱帶魚說。

牠嘬著的嘴角還會冒出泡泡，一副真的來自熱帶的樣子。

「一定要這樣嘬著嘴才像熱帶魚嗎？」

「因為我的上唇一直想吻我的下唇，但我的舌頭一直從中作梗，可以嗎？」牠不情不願回道，隨即背過身去咕噥著：「靠～，今晚是第幾個人問這個問題了。」

在寶石藍的星光走廊內轉了兩個彎，我們立刻就被迎面而來的眩光吞沒了，跟著包圍過來的是超強瓦數的聲浪。

女士們先生們晚上好，歡迎參加今晚的巴比倫春裝發表會。我閉上眼三秒，才試著眨眨眼讓瞳孔接受舞台級的燈光掃射。

根據演化論者的說法，最古老的宴會起源，可以用來緩和人際的緊張，並且進一步鞏固社交關係。這點我想是沙特搞錯了，從發

生學的角度看，本質應該先於存在才對，只因為本質經常隱藏於起源和功能中。但不知道為什麼，置身於這類場合，卻總是讓我的身體不自在起來。也許那來自於比宴會更古老的神經機制。

3D虛擬成像的伸展台就投射在會場正中央，以牽牛花的五角星芒向四周放射出去。如此一來，走秀的魔豆從圓心冉冉上升後，要走完五個角落，勢必要比走T字的伸展台多好幾倍的時間。當然，每個魔豆都是虛擬的，每個魔豆也都戴上了華麗的面具。這一來，不僅泯除了魔豆臉龐的差異，也擴大了身形的自由度，讓服裝設計師更得以盡情揮灑，不管是材質、色彩，還是剪裁。

今晚發表會的主題是流體系列，說是要向十八世紀的白努力致敬。首先登場的是氣體，她們真的把五顏六色的氣體做成衣服穿在身上。在每個魔豆身上，在肌膚和線條的交界處，在剪裁線圍起的界限內，真的有一層薄薄的氣體在流動。

應該都是惰性氣體吧，我想。魔豆們踩著慵懶又做作的步伐，配合著自然到幾近矯情的新世紀音樂，在風聲水聲蟲鳴鳥叫聲中，依次穿梭過各個星芒。就在舞台前沿，她們當場更換衣服的色彩，再轉往下個星芒。

像是為了證明白努力真的沒有白努力，當魔豆錯身而過時，你真的可以看到她們身上的氣體，因為壓力而造成流速的變化。

我可以接受在虛擬世界發生的任何事情，但，「真的會有人把這種衣服穿上街嗎？」我問Catherine。

「為什麼不？你不覺得這樣很潮嗎？」

「但把空氣穿上去到底是什麼意思？我們平常裸體時，穿的不就是空氣嗎？」

她白了我一眼，「那些衣服都是投射的啦。」

我知道，「但……」

她揮手阻斷我的話，「我給你看樣東西。」她拉下領口，突如其來，我倒抽一口冷氣。

她轉過身，挽起髮髻，「看到沒？」

那是一隻水汪汪的大眼睛，含情脈脈，就在她頸背下。

眼尾的睫毛上，有隻藍底黃紋的蝴蝶棲止。

「怎麼樣？」她回過頭問。

「好炫的刺青。」

「不，」她故作神祕笑道：「這也是投射的。」

接著登場的是第二主題，液體系列。背景音樂是佛瑞的孔雀舞曲，但主導樂器改成了手風琴，一隻孔雀冉冉升到舞台中央，緩緩打開華麗的尾屏，然後在眾人驚呼聲中，款款走向伸展台前沿，如花魁遊街，一步一姿。

像是為了凸顯液體不可壓縮的特質，展演的魔豆只要輕輕點觸，孔雀裝上華麗的色彩便向四面八方流洩而去，幻化出萬花筒般的效果。

「就是她，Lucia。」Catherine輕碰我的手肘。

「你怎麼知道？」

她秀了一下她的腕機。「我收得到她的訊息。」

在眾人驚呼聲中，她搖曳向我們走來。停頓，目光向台下一掃，轉身，隨即在手風琴稍快的行板下，向右側花瓣的舞台施施而去。

但就在目光接觸那一瞬間，是她，我立刻確定就是她了。

我望著她的背影離去，感覺我也跟著去了。

不知道為什麼，手風琴不管演奏什麼，即便再熱鬧的曲子，都

會在活跳跳的聲線底下，黏上一股濃濃的傷感。大概所有利用空氣鼓動金屬簧片的樂器，天生都有這種胎記，濃濃的，化也化不開。

五、用泰勒展開式求取愛情的近似解

ROM連上線時，我正在阿魯吧裡跟DNA聊舒伯特的《冬之旅》。

不為什麼，只因為JTB正在放這首連篇歌曲的〈晚安〉。

「愛情就是愛流浪，上帝安排如此。」DNA說。

「但這首歌聽起來就像一隻在生殖競爭中被打敗的公狗，不得不夾著尾巴去流浪，連當面跟她道別都不敢。」

「你一定要戴上演化論的眼鏡，看浪漫主義的作品嗎？」DNA瞪了我一眼。

「用演化論看世界，優點是比較透明，缺點是很多行為都會變得很好笑。」

「愛情，總有些是語言無法說清楚的吧。」

「你可以嘗試用數學表達。」

「為什麼？」

「數學和音樂，當初就是為了傳達言語無法表達的事才發展出來的啊。」

「那你可以用四維的矩陣來表達我們目前的感情狀態嗎？」

「不，我想用函數比較恰當。」

「怎麼說？」

「函數本來就是用來記述關係、因果、變化、單位轉換的工具。」

「例如？」

「例如f（x）=y，如果其中有某事改變，另一件事也會跟著發生變化，這就是函數的相關性。」

「我知道了，例如f（父母）=子女，對不對？」

「沒錯，但感情這事太複雜了，我想不僅要用多項式，而且還得動用到高次的泰勒展開式，才能在某個區間內得到一個近似解。」

「泰勒展開式？」

坦白講，能用微積分的觀念，唬得DNA一愣一愣的，還真的有點給他暗爽。

我心底正在嘿嘿嘿時，她突然當頭巴了我一下。

「現在請你告訴我，我剛打你這一下，代入你的展開式後，會得到什麼？」

「沒差啦，這一下，」我摸摸頭：「對我們的感情而言，頂多只是十次微分後的十次項那麼不起眼的因子。」

「很好，」她促狹道：「那如果我現在吻你一下呢？」

「喔，那要看是法國式的還是印度式的吻。」

吻，是用來告訴嘴巴那些不講給耳朵聽的祕密，那些不給眼睛看的心事。當言詞顯得多餘，我們就用吻來封住嘴巴。他們說接吻會降低你蛀牙的機率、紓解壓力、燃燒卡路里，並提高你的自尊；是的，自尊，只因為四唇相接能釋出一波波的正腎上腺素、多巴胺和苯乙胺，之後就能製造出新的生命複本來。

我閉上眼，正準備大力改變泰勒展開式的近似值時，卻迎面撞上了ROM。

寄居在LMA身上的ROM	寄居在COM身上的LMA
你還在把妹？	沒辦法，愛情就是愛流浪，上帝安排如此。
少來。我跟你講正經的。	怎麼，你找到DDT了？
還沒。但……我看到她了，或者說……我看到我了。	你怎麼確定她是你，而不是你是她？
因為她還活著，就這一點來說，我應該是在她之前的存在才對吧。	那可不一定。因果論最常犯的錯誤就是把發生在前面的事當作因。
如果連這都不能確定，那我的死亡就更加不能論定囉。	先說你……怎麼找到她的？
很簡單，就問那個吧枱妹Catherine啊。	這……倒不奇怪。根據六度分離理論，世上任何人和另一個人，都只需要不超過六個中間人，就能建立起聯繫。
但我找到的不是另一個人，是另一個我。	再說一遍，你怎麼確定她就是你？只是因為外表相像嗎？
坦白講，我也不知道。我可以感覺她是我，但就是有什麼地方不太對勁。說不上來。	糟糕，這下我想你可能陷入遞歸迴路的麻煩了。

什麼？	一個古老的、弔詭的本體論兼認識論。
怎麼個弔法？	假設一百四十億年前大爆炸後，產生了原子，原子組成分子，分子構成有機物，有機物進化出神經元，神經元產生意識、思想等心智活動，而這些心智將會發現原子，並從原子追溯到大爆炸。
你的問題是：原子會發現原子本身嗎？一個系統有可能了解自身系統嗎？或，電腦最終會發現自己是電腦嗎？	而且根據量子論，那個最關鍵的觀察者，本身也是量子構成的。
喔，既然如此，那你過來看看，也許會看到什麼不一樣的東西。	你要我現在過去跑趴？
這種擴增實境的趴踢，我看根本就是提供給虛擬分身和實體的社交平台。	你等等，我問PKN能不能弄到出席的權限。

六、還好我不是教宗

　　每隔一陣子，紐約就要大力掃蕩一下色情。有一年，教宗來訪，正值掃黃期。果然，他一下飛機，記者馬上問他對紐約妓女的

看法。

「紐約有妓女嗎？」教宗自以為很幽默地回答。

第二天，所有報紙的頭條都是：教宗一下機就問紐約有妓女嗎？

這段文字出現在此處，實在沒什麼特別的理由。我們一生中，曾在身邊出現過的東西，大抵諸如此類，細究也許有些什麼淵遠流長的因果，但其實也不過就是來來去去，像電子雲那樣，說出現就出現了，說不見就不見了。

就像我現在出現在這個趴踢一樣。

「是你嗎？」寄居在我身上的ROM劈頭就問。

「是我。」

「你一定要搞到這麼妖嬌嗎？」

「沒辦法，COM身上那套變裝程式太複雜了。」我讓自己很委屈說：「就算我想打扮成村姑，也不曉得該到哪個根目錄去弄套女僕裝。」

唉，女人大概都受不了另一個女人在眼前展露風騷。這大概又是生殖戰爭在基因留下的胎記。問題是……問題是ROM現在根本就還寄居在我身體裡啊。真的是。

還好我不是教宗，不然明天的頭條準是：教宗想打扮成村姑卻找不到女僕裝。

我環顧四周，正想去搞杯什麼雞尾酒喝喝時，才驀然想到，我是以虛擬人的身分進來的，啊這樣是要怎樣喝？

「夠誠意的話，總該有個虛擬的雞尾酒小姐才對吧。」我嘟嚷著。

　　一尾黃腹藍紋的熱帶魚立即出現在我頭頂，噘著小紅嘴嘟嚷道：「想喝酒的話，請跟我來。」說完逕自往右方角落游去。

　　「如果我沒猜錯的話，你就是傳說中的圖形魚，對不對？」我對著牠的屁股叫道。

　　「So what？」

　　「好巧，我本來也是圖形人呢。」

　　牠回頭瞪了我一眼，一副「怎樣，圖形人捏捏就比較大喔」的表情。不曉得牠身上到底哪個程式沒寫好，讓牠像個七星級餐廳下巴老是抬得比眼高的維特。

　　「但是自從我被綁架後，我才知道人生有多美好。」我忽然很想逗弄牠。

　　「So～？」

　　「那一晚我喝醉了。」

　　「結果醒來時發覺屁股痛痛的？」

　　「不，我醒來時發覺自己變成了熱帶魚。」

　　「看ㄅ～」牠嘴角冒出了一個大泡泡，尾巴一甩，氣呼呼游走了。

　　昏暗中，搖曳的尾巴拖出一道迷人的藍色冷光。

　　相較之下，雞尾酒小姐3號（Cocktail Server 3, CS3）就可愛了有將近兩倍那麼多。雖然她屁股上沒有插上一撮公雞毛，害她看起來不夠聳；但是網襪上面那襲低胸的液體裝，還實在有給他誘惑到。

　　「可以給我一杯硬一點的飲料嗎？」我塞了十巴布的小費，往她腰間的袋口。她笑了。

「你要高粱、伏特加，還是鐵雞拉？」

「如果可以，我寧可要你。」

「什麼意思？」

「只要看著你，我都快醉了。」

「這算恭維？還是騷擾？」她眉頭緊了一下。

算了，我看這一隻的自動對話程式，跟COM比起來，大概也是五十步比五十一步。

「不，這算挑逗。」

她鬆了一口氣，一副恍然大悟的樣子：「好可惜，我不是蕾絲邊。」

「沒關係，我以前也不是。」

「蕾絲邊是可以改變的嗎？」她射了一大杯的Stolichnaya給我，水晶級的。想不到圖形人也吃小費這一套。

「不，改變的是我。其實，」我對著她幽幽說道：「我以前也是圖形人。」

這下她眼睛更大粒了。

「圖形人還能變成什麼？」

我豎起食指貼唇，暗示她噤聲。趁著酒杯上冰凍的雪霧還沒化掉，我啜了一口，讓那綿密的口感從舌尖一路流瀉到喉嚨。

然後等待，等待從胃底緩緩燒起的那股暖流。

但是，沒有。

我的胃卻開始痛起來。

我知道，自從換了這副身軀以來，我總覺得掉了點什麼。

倚著虛擬的吧枱看出去，虛擬混著現實的衣香鬢影晃動，人們

223

三三兩兩交談，觥籌交錯，但不知道為什麼，我卻聽不到他們的聲音。

　　他們講話卻不交談。
　　他們傾耳卻不聆聽。

　　我聽到的只是沉默的聲音。
　　沉默的聲音像癌細胞，在黑暗的角落滋生。
　　我終究還是不屬於這種場合的。
　　我忽然懷念起DDT來，毫無來由地。
　　他總是一個人靜靜在喝酒靜靜在喝酒。不管周遭如何鼎沸雜沓。
　　在這個現實和虛擬互相滲透的迷域裡，能有這樣的酒伴，不知該有多好。
　　「誰知道呢，我們的真實人生，也許只是別人電腦裡的一段虛擬劇情。」
　　在阿魯吧跟他分手那一晚，他醉茫茫地說。
　　而所謂虛擬世界，難道只是延續真實世界早已存在的幻覺狀態？
　　其實我們根本就不必煩惱，是否要再造一個虛擬的虛擬世界；從虛擬人的角度來看，所謂的現實界，就可以是虛擬人的虛擬世界，不是嗎？
　　從CS（Cyber Space）來到VR（Virtual Reality），再從VR到AR（Augmented Reality），我們像走進一間又一間的形上學實驗室，

試著重新為實存下個精確的定義。

實證論者總是嗤之以鼻：「在你主張這個世界是幻覺之前，不妨先從十樓跳下去試看看。」

但他們卻無法駁斥瑞典科學家的實驗，我們的大腦確實會把別人的身體當作自己的身體。何況我們還一直以為心靈就住在身體裡面。

「在你主張你的存在是獨一無二的實體前，別再把我的GG當作你的鳥鳥好嗎？」

Psychedelic！我叫道，但沒出聲。

對，Psychedelic，就像當初人們發現，服用LSD之類的迷幻藥，會得到心靈澄澈的經驗那樣。

關鍵是要先把時間除掉。巴門尼德斯很早就將所有跟時間相關的事物都歸於幻象，真正的真實是永遠不變的。迷幻能達到delos的境界，應該也跟時間的解消有關。

這樣一來，迷幻與澄澈，虛擬與真實，也許都只是一體的兩面。

但那所謂的一體是什麼呢？

究竟這世界的本質是原子的，還是歷史的？

是肉體的，還是記憶的？

是物質的，還是感官的？

是技術的，還是藝術的？

「是你的鳥蛋加上你把拔的蛋蛋加上你三千八百代祖宗的恐龍蛋啦！」喝酒時碰到這種問題，讓我又懷念起髒話強迫症男。上次在卡西諾碰到的那隻。

如果可以，我也很想像他那樣去侮辱整個宇宙。

但在那之前，最好能先確定宇宙不是多元的，不然不僅會很累，而且到頭來可能會侮辱到自己。

結論：我想我這一生唯一做對的一件事，就是沒去當教宗。

要不然明天的頭條又是：教宗說這世界是他媽媽的恐龍蛋。

七、忘掉悲傷吧，他說

ROM用手肘頂了我一下，輕聲說：「來了，他們過來了。」

Catherine逕自走到我面前，稍做打量，才轉頭對寄居在我身上的ROM說：「這是你女朋友嗎？」

然後我看到了Lucia。一五一十，就像我初次見到ROM那樣，襯衫下襬隨意打了個結，不折不扣，但不見了左頰那道刃痕。

Lucia身旁，杵立著大鼻頭先生。

「怎麼樣，今晚玩得開心嗎？」大鼻頭友善的招呼像是從鼻孔下呼出的。

「爽爆了。」我也擺出一副熱絡樣：「莎士比亞說，甜中加甜，不見其甜：樂上加樂，才是大樂呢！」

大鼻頭像是被我的話電到，視線一直離不開我胸前的事業線：「但你朋友好像不是很快樂？」

「別擔心。巴爾札克說，世間沒有不含些許辛酸的快樂。」我繼續胡掰：「我們帶著農業時代的宗教進入工業時代，帶著狩獵時

代的大腦進入資訊時代，你想，我們有可能快樂起來嗎？」

「看來，你還沒試過這玩意。」大鼻頭從口袋掏出一枚烏黑到發亮的戒指，往左手中指一套。

瞎密？他說這叫個人情緒微幅調整控制器（Personal Emotion Controller, PEC），簡稱情調器。「快樂，說穿了，只是將化學的信號物質，傳送到我們腦子最原始的邊緣系統。」

他轉動戒指，像轉經輪那樣，戒指開始變換出五顏六彩，分別代表各種情緒。快樂、憤怒、恐懼、厭惡、感謝、羞恥、愛、驕傲、同情、憎恨、驚嚇、輕蔑、滿意、輕鬆、罪惡感，十五種，他斬釘截鐵說，人的情緒，也不過就是這十五種在作怪。

「顯然，你忘了悲傷。」

「不，悲傷太複雜，所以被剔除了。」他說只要控制調整乙醯膽鹼、多巴胺、血清素和正腎上腺素這四種傳導物質的量，「忘掉悲傷吧。」

一定要搞到這麼複雜嗎？MaDe，我搖搖頭。這一切，還不如矮黑猩猩用頻繁的性交來快速緩解各種緊張。

「等等，如果我想要同時拉高憤怒、厭惡和憎恨的指數呢？」

「那簡單，這戒指本來就是多工的。」

那一刻，我忽然很想多送些多巴胺到我的中腦導水管，再加點正腎上腺分子到下視丘，然後啟動我的攻擊系統，對準那顆大鼻頭，狠狠給他一拳，再把他的戒指轉到最高標的快樂狀態。

假如我現在仍有身體的話。

「怎麼樣，你想不想卸掉虛擬的分身，用實體來試試看。」大鼻頭得意炫耀。

「不行，我來不及回去換衣服了。」說真的，我很想跟他坦白，我的身體現在就在你身體的另一邊。

「怎會來不及？」

不甘示弱，我也從包包掏出遲到理由產生器（Story Creater for Retard, SCR），隨手一按，螢幕像吃角子老虎一陣翻滾，隨即排列出一行字。「因為啊，」我唸道：「我祖母的小丁丁卡到陰。」

不知道為什麼，祖母的健康狀況經常在遲到和期末考缺席的理由中出現。

「那是什麼意思？」他大概開始感覺到我是來亂的。

「維根斯坦說過，」我對他擠擠眼睛：「在每個句子裡都有個世界被試驗性組合起來。」

Lucia大概聽不下去了，這才轉向ROM插嘴道：「Catherine說你在找我？」

「是啊。我剛才看到你展示的流體孔雀裝了，好迷人。」ROM說：「什麼時候上市？」

「你是來打聽市場情報的嗎？」

「不，我想跟你打聽一個人。」ROM秀了一段DDT的視訊給她瞧：「也許你知道他的下落。」

大鼻頭的眉頭似乎驀地打了個結，就那麼三分之一秒，隨即堆上原先的笑容。

「為什麼問我？」Lucia好奇道。

「因為他說要來找你，然後就不見蛋了。」

大鼻頭立即堆上滿嘴的笑意，笑到上唇都擠壓到了鼻孔：「這個人我見過。他這幾天一直都在我們農場裡啊，說是在研究什麼玩

意的樣子。」

「農場？什麼農場？」

「諾亞DNA農場。」

「AND……？」

「我們有全球最完整的生物基因庫。」

聽起來像是世界植物種子庫、動物幹細胞冷凍櫃那玩意。現在是世界末日到了是不是？

「So……？」難道在那艘諾亞方舟上，所有的植物都會得到永生，所有的動物都將玩成一團，所有的生命都可抵達涅槃，而且老虎將皈依為素食主義者，從此虔誠地信仰一神教？

大鼻頭神祕笑道：「對不起，我不能透露我們的研究計畫。」

ROM緊接著說：「但我總可以見他一面吧？」

「沒問題，請跟我來。」

等等，我把ROM拉到一旁：「你，確定沒問題嗎？」

「都走到這裡了，還有別的選擇嗎？」ROM苦笑：「至少，還有Lucia陪我。她應該不會對我怎樣吧？」

我皺了一下眉頭，MaDe，我竟然從她身上，不，我身上，聞到一股淡淡的女人香。這是怎麼回事，才一天不見的身體。

「好吧，那就KOL。」

「什麼？」

「Keep on Line，隨時保持上線。」

八、你被捕了，因為你還不會說謊

我們離開時，會所外已充斥著抗議叫囂聲。

「禁止虛擬鴉片！」

「不要波動！不要干擾！」

「不真實，毋寧死！」

「摧毀巴比倫！」

反對擴增實境的人士群聚在警戒線旁，舉牌踏步，甚至焚燒虛擬芻像洩恨。一如工業革命初期，以搗毀機器表達憤怒，要求維持人和土地自然關係的事件時時出現。我不知道，世上第一個輪子出現時，有多少人躺在輪子底下抗議，但是當虛擬的引擎驅動虛擬的輪子後，未來是不是也會有虛擬的抗議人士要求真實滾出去，要求維持虛擬人和虛擬土地的「自然」關係。

「別理他們。」大鼻頭逕自大步向前行。

車子開始滑行，但微弱的頭燈像是撥不開一直聚攏過來的黑暗。

抵達DNA農場已近午夜。車子安靜地滑進車庫。

「到了？」我正在狐疑，車子已緩緩下降。從外表看，這只是一棟很平常的獨立屋，被一大片黑暗包圍著，看不出附近還有什麼人工建物。

直到走出車外，我才發覺別有洞天，因為光地下停車場就不知比上頭的房子大了多少倍。

「這麼晚了，還有可能見到DDT嗎？」我們走出停車場的迴旋門。眼前是一間又一間的小房間。

「只要你想，隨時都可見到他。」大鼻頭右方嘴角撕出一小縫笑意。他引領我們進入最近的小房間。「但，在那之前，我們需要先問你幾個問題。」

桌前只有一盞立燈，把大鼻頭的背影放大投射到牆上。

「有什麼不對勁嗎？」

「並沒有。」他遞給我一頂頭盔。

「測謊機？」

「不，是反測謊機，True Lies Detection, TLD。」他的聲音開始平板化：「正確說，是反測謊加上涂林交談測試。」

他說這只是一種安全測試，隸屬於農場的訪客管制機制（Visitors Interview Procedure, VIP）。「如果你不放心，我們可以安排Lucia當你的對照組。」

靠～，那豈不是變成了反測謊加涂林加EPR雙生子測試了，我暗想，現在是要實驗量子糾纏還是量子傳輸嗎？

Lucia對我微微一笑。但我看不出那笑容的意思。

「記住，反測謊機是用來看你怎麼說謊，不是要逼你講實話。」

大鼻頭把Lucia帶到另一個房間。沒多久，我對面就出現了一位擴增實境的金髮美女。

「哈囉，我叫Virginia，也許我們可以進一步談些私密的問題。」

「對不起，我的私密檔案都上了鎖。」

「沒關係，慢慢來。」她嫣然一笑：「我們一起來想辦法。」

然後，就像所有的入學測驗或資格考總是問你一大堆不相干的

問題；我們從今天天氣哈哈哈開始，一直聊到巴西式蜜蠟除毛法的利弊。

「至少那比貼布式除毛法有效多了。」我說。

「但是很痛、很痛，相信我，真的很痛。」她反問：「你試過好萊塢式的嗎？」

「那太實證主義了。」我不屑道：「到最後會搞到一毛不剩。」

「他們說雷射除毛可以一勞永逸。」

只是為了修出滑溜溜的比基尼線，有需要搞到空氣中都是燒焦的陰毛味嗎？每次看到比基尼，我就想到削足適履這個成語。為了性感，我們甚至不惜修改我們的身體來配合我們創造的服飾。

「不，我覺得基因改造法才是最根本的除毛法。」

「怎麼說？」

「就算演化學家可以舉出千百個陰毛有利演化的理由，我們還是想要除之而後快，你不覺得這很奇怪嗎？」

「那是因為你從人的角度思考。說不定陰毛的存在，只是DNA轉個彎，提醒你它的存在。」

忽然間，我想我了解維根斯坦早期的邏輯語言論為什麼會功虧一簣的原因了。

我們的語言，我們的世界，根本就不是邏輯可以一網打盡的嘛。

維根斯坦是被去除陰毛的邏輯打敗的。我想。

「克麗絲提娃說過，將世界轉化為自身影像的任何理性論企圖，只不過是另一個看不到自己擁抱了『空洞』的詮釋。」

　　不知道為什麼，這些歐陸派的學者，講起話來都像在練繞口令。

　　於是我們從女性主義尋找那消失中的反抗主體，又一路談到陰蒂演化的隱藏策略。

　　「陰蒂如此捉摸難尋、高潮可以作假如真、月經總是曖昧不定，說穿了，不過是性擇戰爭中的欺敵戰術。」

　　「既然這種欺騙或蒙蔽是演化的適應，那文化中的謊言、廣告、科技不都也是適應的產物？」

　　「你是想為謊言、虛構、擬真尋找正當性的基礎嗎？」她反問。

　　「不，我是想為你的存在尋找演化的基礎。」

　　「你想知道……」

　　「我想知道的是，文明到了這個地步，是否意味著大敘事、大哲學、大一統理論的終結？」

　　「那剩下來是什麼？」

　　「剩下的將是無可救藥的浪漫主義，不論是無知的、快樂的，還是憂傷的。」

　　「何以見得？」

　　「一個超越歷史的和自然的存在物，本身就是一個形而上的實體。超越歷史，意味著無關歷史……」

　　「夠了。」大鼻頭逕自開門大刺刺直入。Lucia尾隨其後。

　　「你被捕了。」他面無表情說：「因為你還不會遺忘，也不會說謊。」

　　「你讓我做了一個小時的測驗，只為了來告訴我這個笑話？」

　　「不，任何人只要跟Virginia談上十分鐘，都會出現說謊的反

應。但你沒有。」

　「誠實有罪嗎？」

　「我們懷疑你不是人，要不然就是曾被格式化。」

　「你的意思是……？」

　「我們到現在還沒辦法讓數位化的思維學會說謊和遺忘。」

　我轉頭凝視Lucia。「你呢，你會說謊嗎？」

　「你好像知道很多跟我有關的事情。」她幽幽說：「為什麼？」

　「為什麼？那正是我來到這裡的原因。」

　我再回頭看Virginia時，她的身形已經變成斷斷續續的。

　接著，就消失了。

第七章／
再見了，那美麗而憂傷的花園

一、你用過萬用遙控器嗎？

我死掉那天，大約凌晨一點多，就從噩夢中醒來了。身旁，DNA猶沉浸在深層的睡眠模式下。我晃到客廳，WCY，我親愛的獅子狗仍在盡忠職守，執行牠的掃毒任務，像不眠修士那般，彷彿不這樣不足以讓這世界繼續運轉。牠一見到我，就晃著肥肥的屁股短短的腿，捱到我腳下磨磨蹭蹭，一副想揪出蛛絲馬跡的病毒來。「病毒數據庫已更新。」每隔十二小時牠會自動通報。

我沒理牠，逕自調理了一杯卡布奇諾，對著窗外發呆。如果我不是我，而是原來的COM，有可能會做剛剛那個噩夢嗎？窗外，天色還沒亮；當然，那是啟動窗戶螢幕保護程式的關係。完美的香氣，完美的奶泡，黏稠又綿密的口感，我的今天將以這杯完美的虛擬卡布開始。我繼續沉浸在發呆的幸福中。

WCY跳到沙發上，用牠一貫憂鬱的眼神跟我道早安。

「這麼早啊，汪汪。」

「最近有抓到什麼有趣的病毒嗎？」

「都是些小玩意，不成氣候。」牠打了個呵欠：「頂多就是些惡意程式、蠕蟲殭屍之類的。」

了無新意的病毒的確令人昏昏欲睡。距離這房子上次遭到駭客的腸病毒猛爆攻擊，已經有好一陣子了。下次，最好是來個帶狀疱疹病毒才夠給力。

「汪汪，你在發什麼呆？」

「你知道一個人要怎樣才能證明自己不是在夢中嗎？」

「這簡單，讓我咬你一口就是了。」

　　看ㄅ～，一隻虛擬寵物會做虛擬的噩夢嗎？我瞪了牠一眼，才想到要把牠的自動對話程式從寵物級調升到智人級。

　　「問題是，就算你賞自己兩巴掌，也不能證明你已從夢中醒來啊。」

　　牠陷入搜尋舊檔模式中好一會，才說：「史坦尼斯勞‧萊姆曾在《索拉力星》想出過一個方法。他先把……」

　　「這我知道，」我打斷道：「我問的是，就算你證明你不在夢境中，但你怎麼證明『你不在夢中』這個陳述為真呢？」

　　「哇靠～，你現在是想談哥德爾的不完備定理，還是涂林的無法判定停機定理？」

　　「厚～，你竟然能看出這些問題的相似性。」

　　「D. H. Wolpert對知識的極限也有一套相似的理論。」WCY有點洋洋得意：「他說宇宙中任何智慧生物，不管理解力有多強，宇宙必然超出他的理解。」

　　「怎麼說？」

　　「關鍵在於，不管任何推論裝置，實驗儀器也好，電腦模擬也罷，都是隸屬於宇宙的一部分。」

　　「所以就算我們真的建立起大一統理論，也只能說是『幾乎大一統』的理論囉？」

　　「沒錯，人再怎麼樣，也是這宇宙中的推論裝置之一。」

　　「算了，麻煩你幫我拿遙控器過來好嗎？」

　　牠用不可置信的眼神望著我：「你怎麼會要哲學家做這種事？」

　　算了，我把牠的對話程式調回寵物級，「現在，能不能請你，

身為宇宙中最可愛的推論裝置之一，幫我把遙控器拿過來？」

牠立刻飛奔到茶几邊，叼起萬用遙控器（Universal Remote Controller, URC），再晃著短短的腿肥肥的屁股，捱到我身旁。

就一隻虛擬寵物而言，我真的很想巴牠一下，然後給牠按無限個讚。

URC是一支功能非常強大、依據量子力學和機率論打造的遙控裝置，因此理論上它可以為你做任何事，只要你有蕩落適當的應用程式；但也因為理論上先天的限制，它做任何事都帶有失敗的風險。你可以用它控制家裡所有的開關，甚至要它幫你切菜，只要你有購買廚房料理程式（Kitchen Master Program, KMP）；但是它有可能把牛排剁成碎肉，甚至會把你的新襯衫熨出一個洞，問題出在海森堡的測不準原理，當有一個電子或膠子或玻色子或他媽媽的哪個兒子出現在你沒料到的位置時，核桃可能變成花生，公主可能對著魔王喊救命，你也有可能把ＵＲＣ砸到地上，狠狠用腳踩個稀巴爛。

最重要的是，它長得像大便。

就算你氣到火燒島，你會故意用腳去踩大便嗎？

不會嘛。

這就是URC能生存至今的原因。

而且它還打敗了3D芭比娃娃和蘋果衛生棉，成為巴比倫有史以來最暢銷的產品。如今不僅每個人生活中都少不了它，豪華限量版的URC更是每個器材控夢寐以求的敗家對象。

但那不是因為URC有多厲害，而是器材控只要看到豪華限量版這五個字，心跳就會加快到腦溢血的程度，就像日本男看到馬賽克

就會很興奮那樣。

我用大拇指和食指搓了一下URC，最先跳出的是每日小祕訣。

每日小祕訣

你知道嗎：3.08版的URC已開放下載宇宙定位系統（Universal Position System, UPS）。此程式可以讓你在駕駛太空船時，迷失方向的機率降低到91.38%。

你可以試著到本公司的雲端搜尋此應用程式，但我們不保證你找得到；而且依據本公司的紀錄，目前運用此程式順利返航的機率仍然是零。其原因究竟是否出自涂林定理，我們至今仍無法判定。

你知道嗎，URC這個小東西最讓我激賞的就是每日小祕訣。它總是能帶給我無限的驚喜，好應付接下來的崩潰。

我對著它喊：「打開電視吧！」

果然，烘衣機開始隆隆作響。

二、複製人？那太遜了吧！

Lucia轉向大鼻頭問道：「我也不會說謊，為何你從沒說要逮捕我？」

我抓住那兩秒，對準大鼻頭狠狠就是一拳。

我沒料到的是肌力內衣放大的臂力有多大，大鼻頭竟然飛了出

去，癱在牆邊。

血，開始從他的鼻翼和嘴角流下來。

「相信我，你的過去全在我腦中。」我低聲對Lucia說：「如果你想知道為什麼，就帶我去見DDT。」

她一臉驚恐狐疑：「我沒見過他本人，但我知道怎麼找到他。」

她用隨身裝置進入雲端，揮舞了幾下，沒多久，我們就置身在擴增實境的圖書館中。

她進入資料庫搜尋了一下，但好像碰到權限的問題，被阻擋在某個層級。於是她轉身，拉起大鼻頭的鼻頭輸入鼻紋。

沒多久，DDT果然出現在眼前。

他的第一句話是：「怎麼，你們也來了？」

「不，來的是我，ROM。LMA還在巴比倫等你的消息。」

「那她……？」

「她就是從前的我。」

他皺起眉頭，指著牆角的大鼻頭：「可是他……」

「他剛被我擺平了。」

DDT苦笑了一下：「我的最後記憶，就是被他手下擺平的。」

「那你現在到底人在哪裡？」

「我也不知道。」

「我是從記憶資料庫把他激活的。」Lucia插嘴道。

「你的意思是……他已經掛了？」

「這樣，能算是掛了嗎？」Lucia聳聳肩。

「告訴我，你到底出了什麼事？」

　　「都是VCP， Venterson Chimera Project。」DDT說他從黑森林酒吧的顧客，一批生物科技新貴身上，查到了凡特生計畫這條線索。但當他再深入追問時，就被哄騙到這裡，搞到連自己的身體也不見蛋了。

　　「你的意思是說，你現在處於桶中大腦的狀態？」

　　「不，我猜我那個腦袋大概也保不住了。他們還保留我的記憶，只是想弄清楚誰要我來的。」

　　「那到底是啥計畫？」

　　「DNA農場只是個幌子。」他嘆了口氣：「他們其實是在合成人的基因。」

　　「你是指複製人那類玩意？」

　　「複製，那太遜了。所謂合成，是完全在實驗室做出來的東西。」他說複製至少還有個原始樣本，合成，是企圖隨心所欲打造樣本。「那不是醫學，是創作。」

　　「除了上帝，誰會有這麼瘋狂的企圖？」

　　「最早是軍方主持的跨部會小組，原本只是一些跟超級戰士和人工智慧有關的研究；但後來愈搞愈大，有可能大到失控了。至今我連這計畫的主持人是誰都還搞不清楚。」

　　「如果真的能做出合成人，你想，合成人會發現自己是合成人嗎？」我又想到這個古老的遞歸迴路式的論證。

　　「這不重要，他們在合成的基因組都有打上浮水印。我比較擔心的是，只要我們可以做出合成人，合成人就可以合成更完整的合成人。」

　　「對，馮紐曼早就證明過，只要能做出完整的自動機器人，機

器人就可以自動收集所有的材料來製作機器人。」

「你可以更進一步問，無所不能的上帝會不會做出無限多的上帝？」

「我懂了，你的意思是，完整的人工智慧已經不是人的智慧，而是超越個人的整體，一種類似於上帝的概念，對不對？」我倒抽一口冷氣：「他們成功了嗎？」

「還沒，但快了。」他說他們已經能大致掌握細胞分化的技術，但還沒弄清楚個性是怎麼來的。他們還有幾個關鍵還沒徹底解決。「記憶蕩落這玩意，最早就是他們開發出來的。」

一下子，我明白了。

不知道為什麼，忽然，我好想喝一口比利時啤酒。

「他們不僅還沒弄清楚個性是怎麼來的，他們也不曉得該怎麼讓合成人學會遺忘和說謊，對不對？」

「你怎麼知道？」

我指向牆角的大鼻頭：「他剛剛說的。」

他還在昏迷中，但我好像瞥見他指頭抽動了一下。

「謊言有那麼重要嗎？」Lucia忍不住插嘴問。

對，沒有謊言，人類社會將徹底崩潰，每個智人都將倒退回孤獨的野蠻人，甚至會為了一把石斧，被隔壁的克羅馬儂人狙殺滅種。

一下子，我全明白了。

「我不會說謊，因為我只是他們合成的數位記憶。我的記憶全部來自於你，但如果我是你，」我對著Lucia一字一字說：「我會先想辦法查出自己身上的浮水印。」

我感覺對她說話，就好像在對著自己自言自語。

「但是他們為什麼要把你放到巴比倫呢？」DDT喃喃道。

「因為生命太過複雜了。」我苦笑道：「你忘了，當初為什麼要全力發展虛擬實境的技術嗎？」

「因為虛擬實境是解決複雜系統問題最理想的實驗場所？」

「完全正確。」我再度轉向Lucia：「可以請你幫我做一件事嗎？」

她也笑得很辛苦：「如果你的推論是真的，你的問題不就是我的問題嗎？」

這一刻，我好想一把她將摟進懷裡。

這一刻，我像是可以「體會」到LMA想抱我的衝動來自何處。

「如果可以，請你幫我把DDT傳送回巴比倫，一個叫阿魯吧的地方。」

「給誰？」

「JTB。」

「那你呢？」

「我得先把我的身體還掉先。」

話才剛落，門就被撞了開來。

我立刻衝向前去，但才起步，就被兩道電光困住了。

你不可能跑過光的。

進來的，是兩個全副武裝的迷彩人。

三、URC vs. ERC的決戰時刻

不管從哪個角度看，電磁拘束椅（Electromagnetic Restrain Chair, ERC）都是間諜發展史上最完美的結晶。雖然它最原始的構想來自令人羞恥的色情產業，但話說回來，這兩種產業在文明發源期本來就有很密切的關聯。ERC剛問世時，曾經造成間諜產業差點崩盤，因為任何口風再緊的間諜，只要一坐上去，連他媽媽的三十八代祖宗的私生子都招了，包括小學四年級在哪裡偷看女生洗澡，中學時如何計畫偷襲女老師屁股等等。

就算你本來只是單面間諜，你都會不由自主承認是雙面間諜。這才是ERC最神奇之處。

因為ERC摒棄了傳統的拷打手法和膚淺的制約反應原理，採用最先進的電子神經學或神經電子學。它不用恐嚇你、抽打你，或是威脅要把你三歲時的畫作公諸於世，它直接讓恐懼誕生於你腦海中。

它怎麼做到的？

很簡單，只要把幾個電子送到你的丘腦和杏仁核就夠了。

最先進的ERC甚至可以偵測到你腦中深處的意念，並且把它翻譯成白話文，不管你潛藏的意念是弒母戀父情結，還是偷掀女同學裙子情結。

我跟ROM連上線時，她正坐在ERC上。

大鼻頭在她正對面，鼻樑上貼著一塊生化修補膠帶：「怎麼，我有那麼惹你討厭嗎？」

「你怎麼知道？」

　　他指著顯示屏說：「你的左前腦島和右前扣帶皮質告訴我的。」

　　螢幕上有兩個小亮點眨啊眨的。

　　「如果你真想要，我可以讓你嫌惡到吐出來！」他笑笑，按下一個鍵。

　　ROM立刻開始狂噁猛吐，吐到腰都彎下來了。

　　螢幕上那兩個小點亮成了大紅點。

　　過了一會，ROM好不容易才坐直身子，吐了一口氣：「我可以問你一個問題嗎？」

　　「請便。」

　　「我記得你媽的那個很緊，怎麼能生出你這個大頭來？」

　　馬上，又是一連串的狂噁猛吐。

　　這次過了好久，ROM才抬起頭來。

　　「或者，你想體會一下真正的痛苦？」大鼻頭猶原嘻皮笑臉：「還是恐懼？」

　　「等一下，你還想知道什麼？你明知道我不會撒謊，為何還要這樣折磨我？」

　　「因為我喜歡，可以嗎？」

　　「你只是想報復剛才那一拳？」

　　「不，我喜歡虐殺的快感，更甚於報復。」他轉動手上的指環說。

　　「看來你也是合成人嘛。」

　　「怎麼說？」

　　「任何人看到對方痛苦，都會自動啟動身上的模仿機制，多少

也跟著痛苦……」她話沒說完，又開始猛吐狂噁起來。

我看不下去了，對著URC喊道：「請你～暫停他身上的神經迴路好嗎？」

URC馬上發光蠕動起來。

沒多久，整個房子都暗了下來。接著，巴比倫有史以來第一次停電了。

只剩下URC還在蠕動發光。

直到它進入禪定狀態，巴比倫才又亮了起來。

這好像是很耗電的任務，而且根據涂林定理，你無法判定它是當機了或何時停機。

我束手無策。

奇怪的是，我現在沒有鏡像神經元去模擬ROM那種痛苦，卻似乎有種記憶迴路，讓我辨認出那種痛苦。

「你挺住，」我說：「也許我可以問一下PKN，看看有什麼方法讓你脫離這困境。」

「就算胡迪尼也逃不開電磁椅的。」

「我在想，呃……或者我們可以重新設定一下電腦時間……」

「你想砍掉一切重練？」她搖搖頭。

「或者……調整一下時光回溯器？」我根本不知道我在說啥了我。

「沒用的，這樣還是沒有出路的。」ROM喃喃說完，又開始嘔吐。

大鼻頭蹲到ROM面前：「告訴我，你最害怕的是什麼？」

「So what？」

　　「我可以向你證明，你那種害怕有多小兒科。」他哼了一聲：「你以為千刀萬剮很殘酷嗎？你以為滴蠟封孔、螻蟻穿心很恐怖嗎？」他給ROM套上PEC指環。

　　他調整了幾個旋鈕：「不，神經傳遞信號的強度有一定的限度，而且在達到那個門檻前，情緒和感覺的效應就已開始遞減。」

　　「真正讓人受不了的，是你預期卻又未知的折磨。」他按下紅色按鍵。

　　ROM像是看到什麼似的，眼球撐到了底。

　　我從螢幕反光上看到的是我扭曲到極限的面孔。

　　零點五毫秒後我聽到我的身體發出好悽慘好悽慘的叫聲。

　　那不是人類的聲音。

　　好久好久。

　　那叫聲。

　　然後我看到桌上的URC忽然抖了一下，彈跳到半空中，使得巴比倫的電力系統又閃靈了一下。

　　「執行完畢。」它說：「目標物神經迴路已脫鉤。」

　　ROM喘了一口好長好長的氣，從虛脫中再度打直身軀，像是為了要保持直立人的最後一點尊嚴，對著大鼻頭苦笑：「你……搞完了？」

　　這下換大鼻頭笑不出來了。他瞪大雙眼：「你，怎麼撐過來的？」

　　我不由自主把URC那坨大便攬進懷裡：「你，怎麼辦到的？」

　　「運氣吧。」它眨了眨兩下藍光。

　　我連忙問ROM：「現在感覺怎樣？」

「感覺？我也不知道，現在到底是感覺良好，還是沒有感覺了。」

幾乎是同時，我跟大鼻頭同時問道：「但你怎麼還笑得出來？」

「我不知道。」ROM微微笑著回答。

大鼻頭啐啐唸衝到操控台前，揮舞了幾下。沒多久，一個虛擬的老頭出現在空中。

「爸爸？」ROM低呼一聲。

「凡特生博士。」大鼻頭恭謹請安行禮如儀。

「怎麼，你又闖禍了？」他頭髮依然斑白如昔。

「我不知道怎麼會出現這種狀況。」大鼻頭囁囁嚅嚅說：「我只是……想實驗一下，看看ERC加上PEC會不會有加成的效果。」

「這樣對待一個記憶體，不會太殘酷了嗎？」那個叫凡特生老爹的略顯肝火，我注意到他右手的中指氣得發抖。

「現在怎麼辦？」

「就像上次那個那樣處理掉吧，但記得把他的資料歸檔。萬一有人來查，你還可以暫時合成一個擋一下。」

「可是他已經有一段車禍的記憶了。」

「那就改成癌細胞吧。現在哪個人不車禍癌症的。」

撇下這句話，他的線條就慢慢消失了。

ROM忽然站了起來，對準大鼻頭又是一拳。

他又飛了出去，癱在牆邊，扭曲的臉上寫滿不可置信的表情。

那一刻，我真的是愛死URC了。

總有一天，我要寫封信，建議他們把耐性這美德，寫入URC的

每日小祕訣裡。

但沒用，ROM才剛要走向門口，又進來了兩個迷彩人。

ROM忍不住喃喃對我說：「抱歉，看來我沒法把這副身軀還給你了。」

「沒關係。蘇格拉底說，在人類已知的事物中，死亡，也許是發生在他們身上最棒的事。」

沒想到ROM竟笑了開來。

我不禁懷疑，剛剛URC會不會搞過頭了。

四、我們正在消解物質

「所以，你就這樣掛掉了？」PKN興味盎然問道。

「我想是吧。阿不攔咧？」

生命的開始只有一種方式，結束時卻有無限多種可能。如果每個人生都是一篇被中斷的故事，那我這突兀結束的一生又算是什麼呢？

一個沉迷於虛擬遊戲的男子，因為玩得太過火，最後淪為巴比倫的虛擬妓女，萬劫不復的下場嗎？

這樣會不會太警世太勵志了點？

我們坐在吧枱前，時過午夜兩點；其他客人早都走光了，只剩JTB在吧枱後的水槽前，奮力刷洗啤酒杯。

我請他放一首《茶花女》的詠嘆調，〈再見了，往日美麗的

夢〉。

　　再見了，往日美麗快樂的夢。
　　玫瑰般的臉色已經蒼白，
　　阿弗列多的愛也遙不可及。
　　神啊，請寬恕這誤入泥沼的人，
　　一切都告一段落！

　　再過一會，薇奧麗塔將繼續用義大利美聲唱法咳嗽，咳到吐血方休。

　　是的，一切都告一段落了。約瑟夫·坎貝爾說：「生命就像看電影遲到，要搞清楚劇情的發展，又不能問東問西騷擾別人。然後，你還來不及看懂結局，又突然被請出戲院了。」

　　問題是：我進戲院前跟出戲院後並不是在同一個地方啊。

　　這不免讓人感覺毛毛怪怪的。

　　「你說你掛了，那你現在在幹嘛？」

　　「在跟你喝酒。」

　　「所以，你真覺得你需要那副肉體嗎？」

　　我聽出那話裡的暗示：「難不成，你比我早一步掛了先？」

　　「在巴比倫，這個問題重要嗎？」PKN笑道：「你回頭想想，數位化的真正意涵是什麼？」

　　「當初搞數位化，不就是為了方便處理資料嗎？」

　　「對，我們自以為在用程式處理資料，卻忘了我們本身就是一連串的程式和資料。你知道第一個想到把程式當資料儲存起來的是

誰嗎？」

「是涂林。」

「錯了，是一個叫DNA的傢伙。你可以把構成DNA的ATCG看成是四個字母，或是四個位元，這就是他們能夠合成生命的理論基礎。如今他們已能根據資訊創造出可以繁殖的生命體，並且開始學習如何設計基因組。」

忽然間，我明白了，為什麼理查·道金斯可以把文化當成像基因那樣的瀰因，而且會遵循物競天擇的演化法則。「因為語言或文字，說穿了，只是一套多位元的資訊系統，對不對？」

「沒錯。沒有語言，就不會有文化。事實上，只要有兩個以上的位元，就可以構成任何夠複雜的系統。不要忘了，我們的神經脈衝就是以全有或全無的基礎在運作的，不是1就是0。」

這樣說來，任何科技，也不可能解除天擇的魔咒囉？

我明白了。道格拉斯·亞當斯曾在《銀河便車指南》裡，把地球當成一個巨大的電腦，其目的是用來演算，找出「生命、宇宙及萬物的終極解答」這問題到底是什麼樣的問題。

「他說可惜這台巨大的電腦常常被誤認為是行星──特別是在其表面遊蕩的奇特猿形生物。他們渾然不覺自己只是這龐大電腦程式的一部分。」

「哇哈哈，」我第一次看到PKN笑得這麼開心，開心到他的中指又興奮地抖動起來：「那還不夠狠。你可以把黑洞看成是更巨大的電腦，它把所有能收集到的資訊都輸進去了。」

「可是史提芬·霍金證明過，即使是黑洞，還是會吐出一些東西。」

「要是你那麼大口吃肉，當然會從牙縫剔出一些肉屑來。」

我皺了一下眉頭，感覺這種說法，實在有失他科學家的身分。

「照你這麼說，宇宙就是個巨大的電腦？」

「不，宇宙不是巨大的電腦，它其實是巨大的量子電腦。」他慢條斯理說：「問題在於，很少人看出，這一波數位化革命必然帶來的後果。」

「什麼後果？」

「我們正在消解物質。」

他說電腦出現後，最先被消解的代表物是紙筆；網路興起後，接著被消解的是書本和商店；後來智慧型文字處理機甚至差點消解了文學，而等到虛擬城市完成後，「那時，我們還需要真正的城市嗎？」

「不對，虛擬城市只是我們的第二人生，並不能取代第一人生。」我堅持道。

「好吧，假設有一個虛擬股市，每天比華爾街提早十分鐘開盤，而且裡面所有的交易員，都是來自華爾街的分身；那麼，那個晚了十分鐘的華爾街還有必要存在嗎？」

「但，再怎麼樣，總要有個肉身，才會有從肉身產生的意識吧！沒有意識，虛擬的交易員如何產生行動？」

「意識？哈哈哈！你說的是哪個意識？自動機器人的理論早就證明，意識會從認知與行為的一致性中出現。不然你以為我們正在講什麼鬼話？」

「何況，更早之前……」PKN喝下一大口海盜：「李貝特的實驗也證明過，人類自以為的意識只是『意識前反射』的假象，從而

終結了從前哲學上所有關於意志的屁話。」

　　薇奧麗塔早已唱完了她的賦別曲。此時流洩出來的是威爾第的《納布果》。

　　記憶如此珍貴，
　　而且伴隨著絕望。
　　先知預言者的豎琴，
　　為何掛在柳枝上？

　　JTB擦乾了杯子，好整以暇打開雪茄盒，問：「想來一管嗎？」

五、為自己挑首葬禮進行曲

「給我Montecristo No. 4。」我向JTB乞求。

「不想搞No.2嗎？」

「燒No.2太花時間了，而且那要配Single Malt才來勁。」不管任何時候，想燒雪茄用四號開頭總不會出錯，何況現在我只想沉浸在Rochefort 10雪利般的甜汁裡。

　　JTB剪開雪茄頭，點燃一小片西班牙香杉，試著催逼出Montecristo的內勁。我一招鷹爪搶了過來，深深吸了一口，塞滿嘴的是香草和咖啡味；當然，最神奇的還是在那底蘊之下，透出一縷

沉穩不絕的可可香。這管，最起碼是陳了五年以上的極品。

多麼令人懷念的基督山啊！

「坦白講，我還滿懷念以前那個LMA的。」望著我被煙霧繚繞的樣子，JTB嘻皮笑臉道。

PKN隨即接腔：「我覺得你還欠我們一場隆重的葬禮。」

「怎麼說？」

「因為所有的葬禮都是用來舒緩生者情緒用的。」

難怪所有的哺乳類都有躲起來迎接死神的傾向，好像那是一件不太光彩的事，只有人會如此大肆鋪張昭告天下。

MaDe，尼采用意志宣告上帝的死亡，李貝特用實驗宣告意志的死亡；而現在，這兩個傢伙竟想用一場虛擬葬禮來宣告我的死亡？

「好吧，如果這樣可以讓你們高興一點。」我無可奈何說：「但，你們真的想讓我穿著這身衣服下葬嗎？會不會太Bling Bling了？」

「沒問題。你可以把那套衣服丟到棺材裡，就當我們為COM立個衣冠塚好了。」PKN叫出COM的身分，把性別欄改成男性；立刻，我得到了寬肩窄臀的身軀。

但他顯然忘了修改職業欄，害我看起來有點像巴比倫舞男。

「太好了。」JTB立即點出一本棺材型錄，好像他已經準備了好久。「你看這個怎麼樣？」

那是一口用印尼黑檀木打造的上等棺木，每條褶線都鑲上了金邊，蓋板還鑲有卡拉拉的大理石片紋飾。

「算了，醉後何妨死便埋，」我說：「給我一張草蓆就夠了。

那個，你還是留著自己用吧。我消受不起。」

「少囉嗦，這是我們為你辦的葬禮耶。你有什麼想帶進棺材裡的嗎？」

我從口袋掏出URC說：「有這個就夠了。」

好歹，那是我跟ROM最後的連繫之物。

「再來，給自己挑首葬禮進行曲吧。」

「這……」總是事到臨頭時，你才曉得自己什麼都沒準備好。

「蕭邦的怎麼樣？」

「那太浪漫了。而且，我覺得第一主題跟第二主題的落差太大。」

「你要神聖崇高一點的？佛瑞的〈聖哉經〉夠聖潔了吧。」

「那還不如用他的〈夢醒時分〉。你明知道我是個無神論者，何必用這個來差辱我。」

「或者，用貝多芬第三號交響曲的第二樂章？」

「現在是要搞國葬是不是？」我連忙搖頭：「那跟馬勒的第二號一樣，都太英雄了。」

「要不，就他的第七號第二樂章好了，既陰暗又優美，既莊嚴又淒涼。」

「如果是在實體界，我可能不會反對用這段旋律。」

「所以，你還想要帶點夢幻感的？那就馬勒第五號的第四樂章吧。」

音樂最神祕的謎題就是，為什麼一組類似的和弦，會引起所有人同樣的感受？但我們從巴哈的無伴奏大提琴一直吵到布魯克納的慢板，結論是我們還沒有為這個時代虛擬的小人物譜寫的葬禮進行

曲。

「算了，時候不早了。你以為這樣拖延，就會讓死神等你嗎？」PKN有點不耐煩道。

他倆分立左右，抬起黑檀木棺就走。我只好亦步亦趨緊隨其後。

這時候，才會讓人感念巴比倫可以在深夜解除虛擬重力的好處；或者，用PKN的話來說，我們把實體的棺木也消解了。

沒有重力和摩擦力將永遠無法前進，但可以像夏卡爾那樣在夢境中飄浮飛翔。

JTB的隨身播放器最先響起的是貝里尼那首〈聖潔的女神〉。

我皺了皺眉頭：「怎麼是這首？」

「這是獻給此刻躺在棺木中的COM的。」

直到抵達空中花園入口處，才奏起華格納為齊格飛寫的葬禮。

六、那麼，那個世界真的存在嗎？

我們從地中海區的入口拾級而上，直撲坎城的制高點。

不過一年多前，就在這裡，我跟ROM首度展開逃亡生涯。

我們挑了一株橄欖樹坐下。俯瞰巴比倫，燈火依然閃爍如昔。

但空氣中滿滿的潮濕氣息。濕氣折射了燈火，使得夜景有點浮動失焦。

「接下來，是不是要挑首安魂曲？」我問。

「再看一眼巴比倫吧。」PKN忽然有點感傷說：「這可能是我們文明最終極的成就了。」

「你是說，當物質全部消解之後？」

「如果數位的虛擬可以消解物質，那麼是不是可以反過來質問，那些物質本來就是虛構的？或者，至少是跟數位同構的？」他笑道：「還記得傅立葉嗎？其實傅立葉的發現，已經指涉到了現代的量子信息學，只是那時沒人領會得到而已，包括他自己在內。」

該死，那個陰魂不散的國父又來了。

每次講到傅立葉，他就很興奮。他重申，傅立葉研究熱傳導最重大的發現是：所有時空領域的訊號，都可以轉換成頻率領域的訊號，反之亦然。

「這一來，首當其衝的問題是，我們那個宇宙到底是熱力學的，還是資訊學的？結果，統計力學為了解釋熱力學定律，便發展出資訊理論。」

這我倒是第一次聽到。

「離散傅立葉轉換的信息學解釋就是，在熱力學中限制蒸氣引擎做功的物理量熵，其實與物質分子的位置和速度所記錄的資訊位元數成正比。」

可惜我身邊找不到酒瓶，要不然我會立即把酒瓶插到他嘴巴裡去。

他繼續道：「為什麼傅立葉轉換的本質是離散？許多年後，量子力學的中心準則才證明，自然本來就是離散的而不是連續的。」

「拜託，請你講白話文好嗎？離散的數位世界我可以理解，因

為跟取樣頻率有關，對不對？但自然是離散的，這……未免太那個了吧？」

「量子世界那些怪現象，不就是離散的最好證明嗎？是重力讓世界看起來像連續的吧。」他嘆了一口氣：「好吧，換個角度來看。你知道我們的文明發展史中，最神祕的問題是什麼嗎？」

我搖搖頭。

夜空中，似乎有雨絲開始飄下來。

「為什麼我們想要的，最後都可以實現？……只要不違反物理原理的話。」

「馬克思說人類只能提出他能解決的問題。」

「不錯，這聽起來像是人本原理的弱表述，但還沒有搔到癢處。」他繼續道：「我們想飛，就有了飛機；我們想要有光，就有了光；我們想創造生命，就有了合成基因；我們想解讀意念、想隱形……，說穿了，我們只是在處理信息。」

「但我們造不出時光旅行機。」JTB抗議。

「其實，我們每一秒都坐在飛往未來的時光機上面，只是時速依每個時代的科技而不同，但一直都在加速中啊。」

「但我們回不到過去？」

「因為那違反了信息傳播三律的第一定律，所有的傳播不可能超過光速。」

「我們也無法虛擬死亡啊。」我說。

「因為那違反了信息傳播的第二定律，未知態無法複製。」

「我們無法消滅酒吧裡不時出現的駭客和病毒。」JTB指的大概是AVP或不付錢的酒客，我猜。

「因為信息傳播的第三定律說，這世上沒有不能破解的密碼。」

「你是不是想說，我們那個物質的世界，其實只是個信息的世界？」

「到目前為止，除了量子信息學，我還想不出有其他的理論，可以用最簡潔的方式，解釋我們文明這個神祕的現象。」

「但你不能否認，物質的屬性，畢竟跟信息截然不同。」

「沒錯，正因為信息不佔有空間和時間的位置，因而我們可以任意複製、刪除、剪貼、傳送。那些量子奇觀之所以詭異，正因為我們把它看成是物質；如果以信息看待，就正常到很平凡了。」PKN的手指又抖起來了：「最重要的是，從信息的概念出發，很容易導出量子論。」

「你的意思是說，所有的量子現象，都可以用信息解釋？」

沒錯，他說，例如平行宇宙，為什麼一個系統可以同時存在於好幾種狀態中，像薛丁格那隻貓？很簡單，因為我們已知的信息不足以告訴我們它的狀態。又比如量子坍縮，為什麼對某系統測量，就能使它從多種狀態一下子縮減為單一狀態？因為測量使我們獲得了新的信息。再比如量子纏結，為什麼兩個系統可以發生超時空的關聯？因為這兩個系統擁有共同的信息。我們從A系統獲得左旋的信息，等於同時獲得B系統右旋的信息。為什麼能量不是連續的而是量子化的？因為它和信息本身的量子化是對稱的，而量子化的信息最終將縮減為二進位制的答案：是或否，0或1。

「那你準備拋棄傳統的量子論，迎接量子信息論囉？」

「量子論大概只對了四分之三，所以我們可以發展出量子電

磁學、量子強作用力學、量子弱作用力學，但就是搞不定量子重力學，也就是宇宙論。」

「你不是還有個超弦理論，一個接近大統一的M理論模型？」

「超弦的麻煩是無法用實驗驗證，而且，它不像量子信息學那麼簡單又美麗。」他說有希爾伯特空間的態矢量，才有辦法發展相對論；但要發展超弦論，就得接受卡拉比–丘流形這樣多維的怪東西。

他在橄欖樹下畫了一球蜷曲的圖案。「你能接受這怪物嗎？」

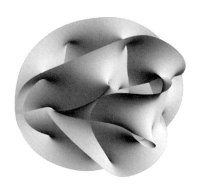

卡拉比–丘流形。圖片來源／Lunch

這大概是為了解釋物質，人類所能構思出來最複雜、最詭異的空間了。

但根據奧坎的剃刀原則，理論還是愈簡單愈好。沒完沒了的理論，通常都是有缺陷的理論。就像一個謊言會帶來另一個謊言那樣。

雨絲漸漸變成了雨滴，沒多久，就把地面上的卡拉比–丘空間沖糊了。

如果我的肉體已死亡的話，大概也消散在那個奇異的卡拉比─丘空間去了吧。

我終於笑了出來：「你想證明我們那個物質世界一切都是信息，其實只是想安慰我的死亡，對不對？」

「給自己寫行墓誌銘吧。」JTB提議道。

不囉嗦，我馬上在卡拉拉的石片上鑴下兩行字：

在無限大和無限小的交會處
我在那等你

「你們幾時過來找我玩啊？」現在，是我展開反擊的時候了。

JTB連忙揮手道：「不急，不急……」

然後，我們把棺木delete掉，讓它的線條緩緩解離。

「要下大雨了，我們應該先處理這段信息才對。」PKN依然望著遠方逐漸迷濛的燈火：「回去吧。」

JTB突然哼起歌來。小慢板的。

所有的事務都將消失在時間中，
像淚珠，消失於雨中。

對了，下雨的好處之一是，你常常會分不清是雨滴還是淚珠。

262

七、日出前，讓悲傷終結

回到阿魯吧時，天都快亮了。

不知道為什麼，葬禮後最想做的第一件事就是喝酒。

就像打完世界大戰就會很想生小孩那樣。

不是洗澡，不是做愛，是喝酒。

而且最好從輕一點的開始喝起。

我一口氣開了兩瓶PDP，給他們各斟上一杯。

望著杯裡細細碎碎的泡泡往上竄，又讓我想起第一次跟ROM在此約會的情景。

如果我想要，我大可以取出ROM去年儲存在此的備分記憶。

然後，一切重新開始。

但既然一切事物都是由位元信息而來，所謂自由意志只是幻覺，那我只是再一次讓自己陷身在0與1的漩渦裡，不是嗎？

甚至，我可能會讓自己陷在時間的迴圈裡逃不出來。

不對，我隱約覺得，PKN的理論有什麼不對勁的地方。

「假如一切都是位元，那為什麼有時候，幾個位元的文字產生的力量，會比幾十億位元的圖像還要強大呢？」我喝下一大口泡泡和汁液。

或者，照PKN的說法，我喝下了一大口的0與1。

「你問的是，位元量為什麼和能量不成正比？」

「對，我問的是，信息到底是主觀的還是客觀的？」

「你又來了。上次我不是跟你說過，物理學家只研究那些可以測量的對象，對數據進行對比，以判斷他測量一個系統時可能產生

的每一種結果的發生概率。」

「你這種工作也許可以建立一個完整的本體論，但終究得面對認識論的質疑。」我又喝下一大口的0與1：「物理學不應只是研究本質的本體論，它到頭來還是要問，我們以什麼方式去了解我們所了解的東西，並且研究與我們認知相關的侷限。」

康德的超驗論早就推論過，只有從認知侷限的形式出發，才能實現認知。不是嗎？

「本體論與認識論孰先孰後，在我看來，就像光圈先決或快門先決的問題。」

「不，信息如果是主觀的，那信息取決於提問的人；信息如果是客觀的，那信息就是一種實體，不受觀察者的主客觀因素影響。在早期的量子力學你可以在這兩者中遊走，但要把你的量子信息學提升到認識論的層次，你總得二者取一，探討強加於這種描述之上的條件……」

「約翰・惠勒早就說過了，我們觀察到什麼，部分取決於我們用什麼方式提問。」

「即使真實全是或部分是幻象，那還是要追問，為什麼真實是這樣的幻象，而不是別的表象。」

「純粹客觀的觀察是不可能的。我們現在看到的宇宙，或者實存，正是古往今來無數觀察和參與的結果。」

「但實存顯然不僅止於觀察，」我不死心抗辯道：「還包括了理論和想像……」

「所以惠勒才會主張，理論、概念、定律、測量都是一體的，不可分離的。先定義術語，再建構理論是不可能的；先有客觀的實

存，再有觀察者的測量，也是不可能的。」

這就對了。難怪很早以前，我就一直覺得，不管是柏拉圖的「理型」或亞里士多德的「定義」，都隱藏著認知時序上的矛盾。

想到這，我又想到第一次在纖纖指甲沙龍跟ROM聊的話題。

現是怎樣，我人都掛了，怎麼老是想起這些往事呢？

是我那不死的記憶開始作祟嗎？

那跟掉進時間迴圈裡有什麼兩樣？

也許我會慢慢了解當初ROM的種種不捨不甘，以及她堅持要回去查個清楚的衝動。

即使查清楚的下場是如此。

杯裡，PDP的泡泡已經消解到無影無蹤。我請JTB放首韓德爾的〈讓我哭泣〉。除了在虛擬世界，現在要去哪裡才能找到閹人男高音來詮釋這首曲子呢？

從〈瑪莉有隻小綿羊〉開始，不，從神話到卡拉OK，從電影到電動陽具，我們一直在模擬真實，一直在向世界提取信息，難道為的只是到頭來讓自己也成為信息？

「等等，你所謂的信息，究竟是指物質的本質，還是物質與抽象、真實與理想之間的中介？」

「記住，不管是一個原子、一個DNA分子，還是一本書或一隻變形金剛，都是從信息這種奇特可壓縮的實體迸發出來的。」

「那所謂意義，只是信息進行了一系列複雜的轉換後，從我們大腦產出的新信息囉。」

「馬克斯威爾早就說過了，混亂或秩序，無關物質屬性，而是來自於觀察者的精神因素。」

「所以，你的結論是，我們只能通過我們所能掌握的關於現實世界的信息去了解那個現實世界，不管那個現實是由位元構成的，還是TaMaDe什麼基本粒子碰撞出來的？」

「說結論，也許還太早，」PKN慢條斯理道：「也許，在信息的世界裡根本就不會有結論。」

「怎麼說？」

「你知道嗎，從系統中提取信息，其中有兩條公理表面上是互相矛盾的。一條是『可以提取的信息量是有最大限度的』，另一條則是『獲取新信息總是可能的』。」

看ㄅ～，互相矛盾的公理可以構成完整的理論嗎？即使這兩條公理讓人那麼絕望又滿懷希望。

「很簡單，你只要假想有個僅比我們的文明稍微先進一點的文明就夠了。」PKN詭笑道：「在那個文明中，人們已能夠模擬星辰的運行和星系的生死，能夠觀察生命和意識的進化……」

「但你這種推想，最終又要面對是否有個超級程式員存在的問題，一個凌駕一切、創造了宇宙的程式員。」

「不需要。」他斬釘截鐵說：「你會這樣想，是因為還沒抓住信息壓縮的精髓。」

「怎麼說？」

「你知道為什麼理性會那麼不辭辛勞地使用歸納法嗎？歸納法，依克勞德‧夏農的信息數學理論詮釋，就是最大限度地對信息進行壓縮，這種壓縮是計算一條消息所包含的信息量唯一的方法。這種壓縮要求我們要找到能夠歸納盡可能最多現象的、具有足夠普遍性的法則和概念。而壓縮到最後，我們有可能發現，物理學法則

只是由簡單的密碼線條構成的巨集細胞自動機網路所進行的可以計算的反映而已。這並不需要一個超級程式員的存在。」

這大概是智人最簡潔的定義了：由簡單的密碼線條構成的巨集細胞自動機網路。

也許吧，這個想法有可能是真實的，套句惠勒的話說，因為它夠瘋狂。

「好吧，為了解釋量子奇觀，你可以說所有的物質，包括我逝去的肉體，全都源自位元，但那曾經包容我肉體的時空呢？既然定義、概念、理論和認知都是一體的，那你要如何用信息學來詮釋空間和時間？」

「惠勒早期曾經說，物質告訴時空如何彎曲，時空告訴物質如何運動。但那是相對論時代的詮釋。用今日的術語來說，物質就是信息，運動就是信息的傳輸，而一直被當作運動範疇的空間，則可以視為無數數據區域傳送的結果。簡單地說，空間就是關係。」

「關係？信息彼此之間的關係？」

「沒錯，從互動網路，即信息交換網路出發，就能建構一個擁有一切空間屬性的實體。巴比倫就是就好的證明。」

「那麼時間是……？」

「很抱歉，我們還無法定義時間。」

「為什麼？」

「因為從信息學的角度看時間，你會發現它也取決於觀察者的信息處理能力。」

「什麼意思？」

「惠勒早就點明了這個詭異的現象。他說此時的決定，勢將影

響、甚至決定了光子的過去。並沒有一個過去預先存在著，除非它被現在所記錄。甚至可以說，時間流並不存在於微觀的層次，而是產生於宏觀層次上我們對信息進行壓縮的必然需要。」

「所以？」

「簡單地說，講到時間，等於揭示我們目前的無知。」

哼，我就知道，這世上不會有絕對完美的大一統理論的。雖然我不知道我怎麼知道的。

「因為可以提取的信息量是有最大限度的。」PKN悠悠吐著煙圈說。

「既然如此，那豈不是讓因果律很難堪？」

「這樣好了，我們假設一個人被關在房間裡，他只能通過一些卡片來了解這世界，卡片上記載了實驗期間的行動和觀察。那他會得到什麼呢？」

「你是想諷刺哲學的起源，還是要談法蘭西斯·培根的洞窟之弊？」

「假如這個人夠機靈，而且有發明概念的自由，那他就會創造出一條因果曲線，通過理解信息之間所有可能的關聯，以便計算出各種事件發生的概率。」

「你在影射科學嗎？」

「不，我在講人類所有的學科，都脫離不了這條數學目的。」

唉，在物質最深處發現的奇異性把物理學家逼進了死胡同。

而文學和科學的對話，本來可以使神話式的思維再度成為主題。

但是上帝死了，英雄也死了，如今，連主宰了好幾個世紀的科

學唯物主義，其中的物質也搖搖欲墜。難道，我們剩下的只有愛情嗎？那麼，愛情的信息學解釋又是什麼？還是，就連愛情，也是那條因果曲線在作怪？

到目前為止，關於死亡，我所能想到的唯一好處，是不必再去煩惱更新程式的問題。

我忽然好想聽一首跟弦樂有關的慢板，最好是有史特拉底瓦里松香味的那種。不囉嗦，JTB立即挑了首古大提琴拉的〈墓之悲歌〉，來自《世界的每一個早晨》。

弓緊緊絞纏著弦，緩緩地向前推進，像是悲傷沒有盡頭，時間也沒有盡頭似的。

絞到我連酒都不想喝了。

如果可能，在世界停止運轉之前，在所有的信息都將輸入不明的量子電腦之前，我只想好好再聽一次傑利畢達克指揮的布魯克納，任何一個慢板樂章都行。

但在那之前，「先給我一杯夏威夷柯納吧。」我向JTB乞求。

就在這時，阿魯吧的門被推了開來。魚肚色的破曉尾隨著流洩滿地。

一個長髮女子逆光逕自走到吧枱前問JTB：「請問這裡有人叫JTB嗎？」

馬靴叩叩叩的聲響仍迴盪在空空空的酒吧中。

是她，但臉上不見了刀疤。

「什麼事？」

「有人要我送一個記憶體來。」

「是DDT的記憶體，對不對？」我趨前道。

　　「你怎麼知道？」她略帶緊張狐疑道：「你是誰？」

　　我笑了，笑得有點辛苦，為了自己這身裝扮。

　　我該怎麼回答呢？「現在你還不認識我，但是你以前認識我，等下你就知道了。」但難保話一出口，她唰一下就把我給delete掉了。

　　看她那副警戒到風聲鶴唳的樣子，弄得我也有點緊張起來。

　　早知道，維持原來COM的身樣，她就能認出來。

　　「我還知道，你叫Lucia。你查出你身上的浮水印了嗎？」我說，並且暗暗祈禱惠勒是對的。

　　不管上帝有沒有在擲骰子，他說現在的觀察，甚至參與創造了過去宇宙的誕生。

【後記】虛構對現實的反撲

　　小說的一百零一種讀法中，最糟糕的一種，就是檢視它在現實中發生的可能。儒勒・凡爾納的成就不在於他預見了未來的潛水艇，《封神演義》裡的千里眼甚至比哈伯望遠鏡早了好幾百年。但預示未來或重現過去，從來就不是這種通篇是謊言的藝術所關注的焦點。

　　不過在小說的八百萬種寫法中，最可怕的一種，卻經常發生在虛構向現實要求其存在地位的時候。如果虛構中能見到真實，那真實很可能也是虛構的。最早發現這個祕密的是莊周，從他夢到蝴蝶那一天開始。接著在《一千零一夜》中，國王在第六〇二夜竟然從雪赫拉札德口中聽到了她自己的故事，那個所有故事的開頭和自身。

　　這，不就是到了後現代才沾沾自喜的後設結構嗎？不，故事還沒完。後來波赫士注意到，哈姆雷特在舞台上看到了一齣類似《哈姆雷特》的舞台劇，唐吉訶德甚至在第二部中讀到了第一部的《唐吉訶德》。《唐吉訶德》的主角成了《唐吉訶德》的讀者，這，到底怎麼回事？

　　其實在第一部中，塞萬提斯已經暗示了這種曖昧：神父和理髮師在檢查唐吉訶德的藏書時，赫然發現其中有一本是塞萬提斯寫的傳奇。

　　再後來，皮藍德婁寫出了《六個尋找作者的劇中人》，而這六

個角色還真的出現在舞台上。當最後槍聲響起、布幕落下、第二聲槍響隨之出現時，我們已經不在意那個男孩是否真的自殺了，反而是被虛構混淆的現實震驚到說不出話來。

還有，還有，後來，有個叫達斯汀・霍夫曼的，在電影《畢業生》中，開著愛快羅密歐的敞篷車Spider去追尋真愛。沒多久，愛快羅密歐就推出一款配備比較陽春的Spider，名字就叫「畢業生」

《去年在阿魯吧》拖到現在才完成，問題出在寫到一半時，醫生告訴我得了癌症，第四期。「你這狀況啊，治癒率有將近百分之六七十，但是五年的存活率大概只有百分之三四十。」

那是個天清氣朗的下午，陽光好到讓所有東西都不真實起來。從那天開始，我的人生變成了一場單純的機率遊戲，就像波函數中那團出沒不定的電子雲，隨身帶著一個無厘頭的虛數 i 跑來跑去。

我的第一個念頭是計算《去年在阿魯吧》完成的機率有多少。以當時才寫完一半的狀況來算，乘以六成再乘以三成，馬的，連一成的完成率都不到。但我隨即意會到關鍵不在這裡。現是怎樣，寫小說就一定要接受這種待遇嗎？多年前寫完〈速度的故事〉沒多久，我就出了一場差點墜下山谷的車禍；寫了〈免疫的故事〉，後來也爆發了自體病毒攻擊的帶狀疱疹。而我也不過是幾個月前寫了〈給下一輪A片導演的備忘錄〉，文中提到治療癌症的標靶藥物；怎麼，馬上就輪到自己來當白老鼠了？

更糟糕的是，當時我正在替書中的角色籌劃一場虛擬葬禮。這樣，誰還敢寫下去？

如果寫小說注定要接受這種虛構的反彈，那大家都會想改行寫

A 片劇本吧。

當命運來敲門時，你還可以躲在門後哼登登登等；但死神來叩叩叩時，每個人都會變成龜孫子，連「等一下，讓我帶條毛巾」都說不出口。吃了一年多的嗎啡和神經止痛劑，使我領悟到單純的快樂比白痴更快樂也更白痴。事後我才知道，機率和運氣看起來像一體兩面的雙胞胎，其實根本就是兩碼子事。運氣的本質，比較接近混沌理論中的奇異吸子。就算在極度趨近於零的機率中，只要有一滴滴無限小的運氣，清水也會變雞湯，一如當初生命會出現那樣。

我們可以算出賭場裡各種賭局的賠率，卻沒人能告訴你今晚的手氣。

是量子論把機率這種源自賭博的學問帶進科學的領域，讓我們現實的基礎從此動搖起來的。但，「機率論只有在事物尚未發生時才有效。」史坦尼斯勞·萊姆曾經在〈不可能的生命＆不可能的未來〉中，把機率這種荒謬的本質，嘲笑到體無完膚。而在那之前，波萊爾的無限猴子定理就問過：讓一隻猴子用無限多的時間打字，有可能打出莎士比亞的名句嗎？就數學上的機率來講，有的；但就現實面而論，即便動用地球上所有的分子來打字，也不太可能。關鍵在那隻中獎的猴子，需的不是數學上的機率，而是現實中的運氣。

那麼，什麼是運氣？

簡單講，運氣，就是構築所有我們目前稱之為現實的基礎，也是我們唯一能用來對抗機率的籌碼。

如果運氣不好，地球軸心偏了一度，就不會有猴子。

如果擁有比莎士比亞多一點的運氣，一隻猴子甚至能打出這樣的句子：「To be, or not to be, that is the stupid question.」

對哈姆雷特最重要的問題，對猴子來講可能是最愚蠢的問題；香蕉或不香蕉，那才是問題。

而如果從更先進的文明或未來人種的眼光來看，現代的智人，也許只是會打出漂亮句子的猴子。

但就憑藉著那麼一點點運氣，在親友、醫生和以量子論為基礎的科技協助下，我好像換了個身體般，從鬼門關前又慢慢踅回來了。你在這本書看到的，大概就是一隻有點幸運的猴子，在有限的時間內打出來的亂碼~^&AK@§淘§47^。

只是至今我還搞不清楚，我目前的存在，究竟是奠基於那百分之七十的治癒率，還是來自於那百分之三十的存活率。但更讓人納悶的應該是，為什麼老天爺要這樣對待小說家呢？

也許是因為，小說家的謊言總是在有意無意間，不小心洩露了點什麼。

畢竟，那是小說存在的最基本理由。

所以，我們最該當心的也許是，謊言或想像，總是以出人意表的方式爭取它自身的存在。一如波赫士所言，如果虛構的人物能成為讀者或觀眾，那麼，作為讀者或觀眾的我們，很有可能也是虛構的。就像唐吉訶德看到《唐吉訶德》那樣，也許有一天我們終會發現，我們只是我們DNA的虛構作品；再追究下去，DNA很可能也只是一段段虛擬的信息。因此，當劇中人出來處死作者時，當風車反過來追逐唐吉訶德時，甚至，當唐吉訶德開始動筆寫塞萬提斯的傳奇時，當虛構對現實展開反撲，拆解掉現實的一磚一瓦，並宣告它

才是唯一的真實時，那才真是我們最迷惘、最該害怕的時候。

那時候，也許我們只能喃喃自語：Good Luck!

祝好運。

【附錄】小說源始
採訪整理／劉梓潔

劉：你的復出之路很坎坷，轟動武林萬教的〈速度的故事〉得時報文學獎首獎後，消失十多年才出第一本書。要開始寫新的長篇，寫到一半又得癌症。現在康復了，你怎麼看老天的玩笑與試煉？

賀：對老天我沒什麼話講，真的要講的話就只有一些亂碼~^&AK@§淊§47^。（笑）

不過，老天會跟你開玩笑，通常是他認為你需要休息或轉彎的時候。

其實《去年在阿魯吧》一開始都滿順的，但寫到第五章，才寫了第一節的小題「我只是來換個身體」，身體就出事了，後來還真的去換個了身體回來才能繼續寫。癌症這東西讓人討厭的地方是，就算你治好了，你也不是從前的你了。所以說作家千萬不能亂寫就是這樣。（笑）

生病後整整停了兩年。不過這樣也好，如果沒生病的話，可能現在還在上班，可能還沒有時間寫。我現在把它看做一種紅利，因為從來沒這麼幸福過，可以整天待在家裡不用做事。

寫前幾章時，只能用下班後的時間寫，不僅睡得不夠，下班後想寫還要切換腦袋。這樣反而容易生病也說不定。我現在情況很好，終於有時間坐下來慢慢想，慢慢寫，不用上班是我自己都想像不到的幸福。或者說，那是把經濟壓力延後的幸福；而能延後，是

老天慷慨借給你時間。

劉：你曾開玩笑說，老天爺跟你說：「讓你活了五十年你也不寫，就甭活了。」你說：「好好好，我寫我寫。」就又慢慢從鬼門關踅回來了……

賀：那時的感覺是，你永遠不曉得自己下一步會出什麼事情，只知道不管出什麼事都要想辦法把小說寫完。但真的寫不完也無從計較吧。（笑）

其實我覺得對一個作家來講，也沒有寫不寫得完，只是你有沒有把你想寫的東西寫出來而已。一個作家一輩子真的好的作品，通常也就是那麼一兩本。好東西，一本就夠了嘛。但大部分的人都像在沙灘上撿貝殼，永遠認為下一本會更好，或者自認為話還沒有說完，所以就一本接一本寫下去，但絕大部分又都是在重複說過的話語。

我是不會這樣想，大概我不是那麼多話的人，也沒那麼多話好講。我反而覺得說不定這本寫完，三五年內甚至十年內，我都沒能力再超越自己，那我幹嘛要一直寫？我寧願把時間拿去玩。讓讀者鬆口氣，慢慢消化，也算為自己做點功德。

重點還是那句：我想講的，講完了嗎？講得夠好嗎？

夠了，好了，就不用太貪心。

劉：《去年在阿魯吧》是你寫作二十幾年來，最持續、最專注、最有計畫寫的作品嗎？

賀：我是真的很想寫完這本書。但開始的時候，其實並沒有什

麼特別的計畫。純粹就是帶著小孩在路邊攤吃麵，隨手抓了一張沾滿油汙的報紙，看到上面小說徵獎的消息。那時候剛好沒頭路，看到小孩還那麼小，就想去撈筆獎金，想說不定那筆錢可以支撐我寫個長篇。就這樣寫起來了。

　　結果大獎沒撈到，真正中獎的反而是我抓到了這十幾年來一直在找的東西。老天的旨意總是以出人意表的方式顯現，這又是個明證。（笑）

　　怎麼說呢？從寫完〈速度的故事〉，我就想夠了，不要再寫短篇了；要寫，就好好寫個長篇給自己看。但我試了好幾次，沒辦法，就不是我想要的東西。開頭不滿意，內容不滿意，形式不滿意，什麼都不對，就不會想再寫下去。

　　但一開始寫《去年在阿魯吧》的第一章第一節，我就知道，Bingo！中獎了！我要的就是這個，我可以把它寫完，沒問題，我的能力負擔得起，當然，不是指經濟上那種能力。

　　我本來以為，那是一種終於超越自己的快樂；但更精確講，應該是一種找到自己的快樂。我在那裡面找到了一種很貼近自己、很接近自由的東西。

　　這十多年來，我偶爾會把〈速度的故事〉拿出來再讀一遍，本來都還感覺那是很完整的短篇了，一篇完成度很高的作品。但現在拿來跟《去年在阿魯吧》相比，卻覺得那裡面還是有小孩子被限制住、不得不做點姿態的缺陷。

　　如果要再講詳細點，就影像而言，我還記得〈速度的故事〉下筆時，有個前提是想把電影的映像排除在外。那時只想寫篇電影拍不出來的東西。到了《去年在阿魯吧》，想的卻是怎樣觸碰電影的

極限。

　　現在回想起來，或者可以說，〈速度的故事〉是向現代主義道別的作品，那個在我成長期中全面籠罩的現代主義，那個既高速又刺激又看不見終點的現代。

　　到了《去年在阿魯吧》，則是想釐清自己身上那些後現代的東西。

　　劉：治療過程中，最難熬的是什麼時候？

　　賀：不會難熬，只要你吃嗎啡。（笑）

　　當然身體會有很多不舒服的反應，但是沒關係，因為頭腦已經被隔離了。開始住院化療電療時，我本來還想，現在不用上班，可以好好寫東西了，結果根本一句話都寫不出來，看到人只會傻笑，那種笑是無意識的笑。笑有兩種，一種是自發性的、杜興式的笑，像是小貝比被搔癢時那種咯咯咯的笑；另一種是有意識的、社會行為的、非杜興式的笑。但我覺得吃了嗎啡後的笑，跟那兩種都沒關係，是第三種，是無意識的，但又不是自發式的。

　　還好現在醫療科技那麼發達，已經讓很多治療中的痛成為多餘的。治療完後，醫師講了一句很有意思的話：「這世上沒有殺不死的癌細胞，只有承受不了的身體。」能夠盡可能減輕痛苦，應該會有更多能承受的身體吧。難怪聯合國要把追求無痛治療列為基本人權。

　　問題是吃了嗎啡後，整個世界就慢下來了。不管你做什麼動作都會很慢。例如說我看著桌上那堆藥，想著要去吃，到我真的吃完那堆藥，已經兩三個小時過去了。你知道這樣不對勁，你跟你的行

為脫節了，但你也沒法改變什麼。每天就是呆呆坐在那裡，想下一步要做的事情，想什麼時候會狂吐。每天都過得很愉快。

等到醒過來時，才想到，哇，兩年了。什麼事情都沒做，一片空白。很可怕。但是在過程裡，不要說焦慮感，根本什麼感都沒有。唯一有感的一次是在夢中抽了一根菸，那是我一生中最美味的一根菸。以前、以後、抽再多、抽再好也不會有那種帶有美感的享受。

講根本一點，就是那句話：「You are what you eat.」你就是你吃的東西。人的身體說穿了只是一個化學工廠，身體所有狀態、包括思想狀態，隨時都在反映你吃進去的東西。你可以表現你的食物，但不得已要表現你的藥物時，還真的很頭痛。

劉：那吃嗎啡不會上癮嗎？

賀：這連我自己都覺得奇怪。（笑）

可能是現在的藥改良了。有個嗑過藥的朋友，聽我能吃嗎啡吃那麼久，有時用吃的不夠，還用貼的，貼二十四小時，他聽了好羨慕。（笑）

那時候因為放射線治療，口腔整個潰瘍，無法進食。醫生問我要不要插鼻胃管，把食物從鼻孔灌進去。我一聽傻了，想說那樣怎會舒服，每天頭上頂著一根鼻管，自己看了也難過。於是就在胃上打個洞，插根管子，直接灌流質。幸好有那個手術，至少衣服蓋起來，沒那麼不堪。（笑）雖然做那個手術，感覺就像被兩顆子彈打到一樣。

第一次化療，打了一針鉑金劑後，味覺就完全崩潰了。當時

我還傻傻的不曉得。隔天吃了一顆以前常吃的、新竹很有名的黑貓包，咬了一口馬上問我弟，這家怎麼換老闆了？

味覺死了，嗅覺卻整個活過來了。每天出門去做電療，一路上會聞到好多從來不曾聞過的香味，跟記憶中的比起來，明顯是強化過的香味。然後現在身體好一點了，又什麼都聞不到了。神經細胞互相補償的效應就這麼奇妙。

隨著味覺跑掉，對整個世界的認知、食物的認知也變了。到現在味覺也不曾恢復完全，只能慢慢重新接受、重建嶄新的味覺世界。現在吃每樣東西，味道都跟以前不一樣，跟別人也不一樣。我現在吃東西常常要問旁人，很甜嗎？會太鹹嗎？

最特別的是，現在完全吃不到苦味。再怎麼苦，吃下去也沒感覺。從此我的人生全都是甜蜜的。（笑）

苦，可能是生命當初用來對付毒素的演化機制，是口腔的最後一道關卡，所以苦感會分布在舌根區。但現在就算你給我毒蘋果，我還是會把它當作甜柿子。

劉：你在〈後記〉講到，寫完〈速度的故事〉出車禍，寫到標靶藥後得癌症。小說出來處決作者，虛構對現實展開反撲，可以多說說這部分嗎？

賀：我們不知道語言是怎麼來的，所以會對語言文字有敬畏感，於是在文化中就會出現某些禁忌，譬如不要講「死」啊、「輸」啊什麼的。其實每天都有人會發生車禍、癌症，絕對不是因為被說出來、寫出來、虛構出來了，所以才發生。就有人統計過，做一個現代文明人，離婚啦、車禍啦、癌症啦，發生在你身上機率

都比你自己想像中的來得大。

你寫過的東西，後來真的發生了，那只是生活上的玩笑。虛構對現實的反撲，是另外一個意思，就是說，假如虛構中能見到真實，那真實也有可能是虛構的。像唐吉訶德會在《唐吉訶德》書裡看到唐吉訶德，我們也有可能會發現，自己是自己的DNA虛構的作品；而DNA，說不定也只是一段段虛擬的信息。講這個概念，要花很多篇幅和時間。簡單說就是，這世界可能是虛構的，可能是不存在的。我們現在會覺得它是真實的，只是因為我們還沒發現而已。我們當初不是也花了好久才發現地球是圓的嗎？

先寫後記，實在是當時命不保夕，怕小說來不及寫完，急著想先把話說清楚吧。（笑）

劉：也就是說，你是在文學裡，想科學的問題嗎？

賀：不。我還沒有笨到想去解決科學的問題。

應該是說，所有學科到最後都會追問到一些類似的問題，一些關於人的、關於世界的基本問題，因為所有學科都是從那些問題發展出來的解決方案。面對這些基本問題，文學沒有缺席的理由。我想提供的，只是一種小說的角度。如果小說這種依人類思考模式發展出來的藝術形式，真的藏有什麼智慧的話，我們當然會問，現代小說能給我們什麼觀點或解釋。

我們知道，預見問題、提出問題的能力是人類最了不起的能力；提出聰明的問題，更是那些天才才做得到的事。但前一陣子才嗝掉的索爾‧貝婁就曾感嘆過，他說難怪我們社會上的權勢人物，不管是政治家或科學家，對作家和詩人都嗤之以鼻，因為他們在現

代文學中看不到有人在思索任何重要的問題。

這種現象連馮內果也受不了，他說現代作家不碰科學，就像維多利亞時代的作家不敢談性那樣虛偽。

這就是我常說的，一個排除了演化論的倫理學或行為學是無法理解的；排除了相對論和量子論的本體論或知識論也是無法想像的。現代哲學要要討論主體和客體，能把認知神經學、分子神經學排除在圍牆外嗎？

身為現代作家確實是比較辛苦。你看就連達賴喇嘛都要去了解一下相對論和雙生子謬論。因為他知道，就佛教的觀點，「違抗實徵證據的威信，就是抹滅了自己在參與對談中的重要地位。」

但我要講的不是科學至上主義，不是只有科學才能提出問題。更重要的應該是，很多人忘了，用文學的思維也可以處理或說明這類問題。文學的思維本來就是作家的金鑰，奇怪的反而是現代作家為什麼把這麼棒的金鑰鎖在金櫃裡。

什麼是文學的思維？簡單的講，就是具象的思考能力。其實最早處理這類基本問題的本來就是文學和哲學，當哲學在追問世界是由什麼構成的時候，神話早就準備好了好豐富的解釋。文學和哲學注定要分道揚鑣，因為它們分別使用了人類兩種不同的思維能力，具象的和抽象的。

講到思考，我們總以為用抽象的能力才叫做思考，但如果了解人腦的認知模式，知道人腦是如何利用模組化處理那麼大量的信息，我想我們會更佩服具象的思維幫我們解決了那麼多難題。

就拿科學來說吧，科學理論繼承了抽象思考，但在科學實驗中，我們仍可以看到大量具象思維的東西。像傅科擺，那麼簡單那

麼具體，一下子就讓你明白了地球在轉動。科普讀物更厲害，那根本就是用文學在講科學。他只要跟你談談搭火車的經驗，你大概就可以抓住相對論的概念。

對，抽象的思考可以讓你做出精靈炸彈，一發就擊中目標；具象的思考比較像機關槍，但只要一直噠噠噠，還是有可能打中目標。何況，就解決問題的成本來說，機關槍便宜多了。

沒錯，科學可以做出太空船，但文學可以把這艘船交給道格拉斯·亞當斯駕駛，讓你在銀河系裡搭便車。他甚至為太空船裝上了不可能的機率引擎。

從某個角度來看，科學實驗還比較像A片。第一，它們都是注重可重複驗證的東西，在同樣的條件下，A做出來的結果，一定跟B做出來一樣。那這跟A片有什麼差別？你說科學實驗還講求對照組，那A片裡的群交場面不更多對照？

像這個，就是文學性的思考的另一極端了。（笑）

但這也引出了文學思考另一項寶貴的特質，那就是反諷的能力。不過這是另一個話題了。

劉：停筆十多年後，為什麼想以「虛擬世界」作為重新出發的題材？

賀：第一次是不小心在報上看到虛擬實境這名詞，整個人傻在那裡，不曉得那是什麼東西。那時連Wii都還沒有，「第二人生」（Second Life）也剛開始，我也是寫了之後才陸續知道有這些東西。我那時只是想抓來了解一下，用寫小說的方法來了解它。基本上我會想寫的東西，大概都是我還不太了解的東西。

　　或者可以說，以前所有的小說，都是從虛的入手來擬實的。但現在有了虛擬實境這東西，我們可以從虛的來寫虛的，就像負負得正那樣，說不定可以發現更真實的東西；更何況那世界還能讓你自由出入，不管你想由虛入實或從實轉虛。

　　到了二○○八年，看到一則新聞，更印證了我的預感。美國國家工程學院（NAE）召集十八位專家學者、社會領袖與企業家，經過一年的腦力激盪，在二月十八日提出十四項「科技工程大挑戰」，為二十一世紀的工程師與科學家設定戮力以赴的目標。其中一項赫然就是：讓虛擬實境日新月異。

　　劉：但你自己並不是虛擬實境玩家？

　　賀：我沒有玩過。我如果有玩，可能就不會寫了，或者說寫出來就不是這樣了。小說家是用小說來探討、挖掘他想知道的東西，玩家講究的是要整個沉浸進去，不像小說家，跟什麼都要保持某種程度的疏離。

　　除非你想回到寫實主義的「美好古代」，否則，做一個疏離的旁觀者，也許是現代小說家的宿命。

　　劉：這幾年很多好萊塢電影，也都以此為題材，不過最後好像都要對科技與人性來個反思……

　　賀：好萊塢最糟糕的就是它有一套公式。像是為了要票房，開頭幾分鐘之內一定要製造動作場面，男主角一定要被打得要死要活……。有些創意都不錯，被好萊塢化就完蛋了。像《阿凡達》，在技術上那麼有企圖的東西，在內容上最後也一定要搞到讓你看不

下去。

好萊塢會落到今日這種技術掛帥的地步，當然跟科學唯物主義有關，但更重要的是它的賭本愈來愈大，造成劇本愈來愈保守，愈來愈像Ａ片那樣公式化。

劉：像第二章的觀落陰等場景，是在怎樣靈光一現的時刻誕生出來的？

賀：怎麼想出來的？這很難一句話說清楚。說不定就是前一晚酒喝多了。（笑）

真要講，也許可以稍微談一下創新的來源。

這樣說好了，要創作，聯想力當然是最基本的，但要產生聯想力，沒有豐富的背景知識那是緣木求魚。現在大家都想抓到創新的訣竅，以為那樣就可以得到什麼寶物。我可以講簡單一點，我們一般看到的創新不外通過兩個途徑，一個是異質同化，一個是同質異化。異質同化就是像人頭馬那種東西，把人跟馬抓在一起，就可以得到一個新的東西。同質異化就是像卡夫卡的《變形記》，像柴可夫斯基的《洛可可主題變奏曲》，像DNA的突變那樣，把一個東西變成另一個東西，到最後甚至會變到你認不出原來的樣子。任何人掌握住這兩種思維，就可以做出無限創新的點子。

像地理學、社會學，你看看二十世紀以前那些古典的學科，在華文裡都是兩個字的；而二十世紀以後冒出很多新興的學科，都是四個字的，如地緣政治學、社會心理學，就是這兩種思維最明顯的效應。

但其實人類最厲害的地方不在這兩種思維，像愛因斯坦或達

爾文那種東西，不是靠異質同化或同質異化就可以得到的。那是一種洞察力，科學有很多重大發現都是猜測出來的，抓了很多證據之後，再來搞拼圖遊戲，再來猜原因。它是猜出來的，而不是靠上述那兩種創新。

關於洞察力，我最喜歡舉的例子就是狄拉克方程式。你看全世界多少人看過狹義相對論那條物質和能量的等式，卻獨獨只有一個二十六歲的青年看出，這條等式在負數時也可以成立，從而預言了正電子、反物質的存在。而這種負負得正的算法，不是每個國中生都有的能力嗎？

洞察力有時候是運氣，但有準備好的人硬是比較幸運。我們在哲學上碰到的問題就是，歸納和演繹可以解決很多問題，但從那裡面不能產生新東西，甚至會常得到錯誤的推論。歸納是搜羅現有的東西來排比化約，演繹是就現有的東西去推理延伸。其實科學一開始也是在拼東西，就已有的拼圖、碎片去拼湊，但最後統整的一關往往要靠猜測。也許猜對、也許猜錯，科學會凌駕其他學科，在於你如果遵循科學的方法，猜對的機率會比較大。

所以在創作裡，聯想力還是最末端的東西。往前推一點，需要的是異質同化或同質異化，再更前面一點，其實是洞察和想像。

物理學發展到現在，已經是在比想像力了。比到最後，沒有想像力，恐怕沒辦法去了解其中的奧妙。這就是為什麼哲學到後來，要把它的一些課題交給科學和文學去處理。約翰‧惠勒不是說過嗎：「這個理論可能是對的，因為它夠瘋狂。」

劉：那文學呢？

賀：我從小到大，三不五時就會聽到說文學已死、小說會死之類的論調，但我不這麼認為。簡單地說，就是因為人的頭腦有一部分是屬於文學的。大家現在還在猜文學的起源，在討論文學是怎麼來的，我先講我自己的想法。

演化論在談藝術起源時，講到音樂、舞蹈或視覺藝術之類的，不可避免要談到普遍的遺傳基礎、古老的神經機制、一致的社會行動功能等等。但文學不一樣，問題在於我們不明白語言的起源，就沒辦法給文學起源完整解釋。

但我們還是可以就現有的資料來拼圖和猜測，試著解答幾個明顯的現象和問題。例如：為什麼早期詩歌會那麼發達？為什麼韻文比非韻文發展得早？為什麼歷史在早期會以敘事詩的形式出現？你看不管東西方，早期的非韻文都以對話錄的形式出現，從耶穌的福音、孔子的論語到柏拉圖的對話錄，無一例外。為什麼？

因為跟人的記憶體大小有關。所有的韻體詩歌都是方便口語記憶的東西。但是多了文字、多了紙跟筆之後，我們就多了一項外存的記憶體。有了紙筆這種隨身碟，非韻文才有發展的可能。我們目前最早的記憶體還保存在洞窟裡的山壁上，從洞窟畫到結繩記事，從符號到文字，從龜甲牛骨到竹簡草紙，這是一段艱辛的文明發展史，有很多文明都還來不及發展出來就消失了。

所以我的眼中比較沒有什麼小說跟散文的區別，只有韻文跟非韻文。這兩種東西的思考本質是不太一樣的，韻文偏向直觀的、立即的、情緒的，非韻文剛好站在對立面。詩可以散文化，散文卻很難詩化，最明顯的代表作是屈原的〈天問〉。你可以用詩賦體

寫〈天問〉，但其解答一定要靠非韻文來達成。如果要談詩歌跟小說有什麼差別？我覺得講得最好最簡潔的是索爾·貝婁，他在一篇訪問錄裡講到，小說家不可能像詩人那樣，得到立即的純淨精簡，「他必須漫遊泥濘滿地、喧囂盈耳的地區，才能抵達純淨的境界。」

光這一句話就解釋了很多現象。所有的年輕人都是詩人，所有的戀人也都是詩人。不僅跟荷爾蒙有關，也跟詩與小說的本質有關。年輕人可能成為出色的詩人，但傑出的小說家通常都需要陳年養成。這當然無法成為定理，但應該符合統計學的鐘形曲線。

那要怎麼證明文學或小說不會死？因為它是你大腦裡隨時在運作的東西，只要你大腦存在，就永遠會有這種東西產出。那個東西是什麼呢？

我前幾年看到一篇研究人工智慧的文章，研究老半天發現，人的大腦特質，就是永遠在為下一步做準備。人類跟其他動物的差別，所謂「智慧」，先是你有一個永遠在為下一步準備的大腦。我們所謂發現問題的能力、預見問題能力，講的就是這個下一步。

這種能力本來就不是起源於意識。如果你要再追問這種能力是怎麼來的，演化學家甚至可以為你舉出許多基因的預適應行為。

不管你有沒有意識，大腦都幫你準備好了。像我們走路、下樓梯，大腦都已幫你準備好下一步要踩在哪裡。這個東西，其實跟小說很像。所有的小說永遠、一直都在回答一個問題：然後呢？再來呢？下一步呢？

這不只是小孩子聽故事的直接反應，也是所有作者和讀者隨時都在問的問題。

所以說，小說不會消失，是因為你本身有的，就是一個小說的頭腦。是我們這樣，小說才會那樣。不論東西方，小說到近期才興起不是沒有原因的，甚至可以用小說的興起來證明人類大腦還在演化。

十八、十九世紀突然出現很多很好的小說。這時人們眼中的故事，跟早期的志怪、傳奇、筆記，是不一樣的東西。這不是憑空得來的，是因為老是在想下一步的大腦，慢慢演化，才會產出這麼複雜的東西。你甚至可以用複雜理論來解釋小說的演變。

更重要的是，人為什麼要讀小說？因為人類處理資訊是利用模組化的過程。大腦吸收很多現象、經驗和知識後，會把它整理成一個一個模組，等到下一次再遇到類似問題時，就把這個模組叫出來比對。這也是在研究人工智慧時發現到的。

而我們讀小說，其實就是在尋找模組、建立模組。這也可以解釋類型小說或比較文學的起源。

正是因為這種模組化，才使得文學充斥著大量的比喻。比喻，說穿了，就是一種利用模組化思考的行為，想了解 A 的時候用 B 來解釋，聽的人一下子就懂了。

文學還有一樣利器，象徵。小說家在創作時首要之務，莫過於盡快建立一個世界，而最快的方法就是象徵。卡夫卡是第一個把這項利器發揮到淋漓盡致的小說家。象徵，就像小孩死也不肯讓你搶走那張毛毯，因為在他心中，那不只是一張毛毯，還是他內心秩序、安全的來源，是他心中建立起來的外界模樣。圖騰之所以能成為一個民族的象徵，正是因為我們的腦神經都有這個迴路。

　　或者我們可以說，我們是用猜測來探索這世界，用比喻來了解這世界，用象徵來建構這世界。不是文學，是我們。

　　是我們的頭腦這樣，文學或科學才會那樣。

　　追根究柢，說文學會死，在於忘了文學是一種具象思考，不了解人類怎樣用模組化來了解事情、發現事物。

　　小說可能因為媒材演變，變成電影或遊戲，但那些東西本質還是文學。就像華格納的樂劇裡的主導動機，演化成了電影配樂，但它還是存在的，它沒有死。

　　對於文學的未來，波赫士也曾迷惑過，他說：「我們的文學在趨向混亂，在趨向寫自由體的散文。因為散文比起格律嚴謹的韻文來容易寫；但事實是散文非常難寫。」他有洞察到這個現象，但他沒有解答。我的解答很簡單，遠因就是外存記憶體的出現，就是馬克思說的，下層的生產技術會影響到上層的文化結構。至於近因，要講簡單一點，那就是我們的社會在趨向複雜化。用後結構主義者的話來說，就是在我們這個不復天真無邪的年代裡，已不可能再天真無邪地處理任何事情。

　　我們現在面對的是記憶體第二次的大爆炸。通常某個時期正確的理論，多多少少可以讓你預測短期的未來。假如剛剛講的非韻文起源和發展的理論是正確的，那麼依照摩爾定律，如今由於記憶體的爆增，就應該會給非韻文帶來巨變才對。甚至我們現在就可以窺見未來小說的輪廓，在網路上的美食、旅遊部落格裡早已出現了。因為記憶體一下子爆增，文字混合著圖片、音樂、動漫、短片、超文本、超連結登場，那可以說是一種多媒體的未來網路小說雛形。

比起文字，圖片和影像佔用的記憶體多了好幾百千倍以上。如果我有受過電腦圖形處理的訓練，我早就用這種形式來寫小說了，就像二十年前，我在〈免疫的故事〉第一節曾嘗試的那樣。（笑）

假如你寫到一首歌，可以在旁邊連結一個播放器，那不是很棒的事情嗎？

雖然說我們已經進入了資訊社會，但其實資訊的本質我們還不是很清楚。譬如說，資訊的容量跟資訊的力量很明顯並不成正比。有時候，千言萬語還不如一首俳句；有時候，幾千萬畫素的圖片還不如幾位元的文字。這其實是這個世紀的文學可以利用多媒體嘗試的實驗。

劉：在這部小說裡，你從哲學、物理學、數學、生物學，上天遁地引了許多理論學說，你如何辦到不會讓讀者感覺很難？

賀：如何不讓讀者感覺很難，坦白說，我也很想知道。也許這是從評論家的角度比較容易回答的問題。作者，從另個角度看，其實是個盲眼的讀者，只能靠自己的自覺或同理心去摸索讀者的反應和感受。另一把可以參考衡量的尺是，當我寫到自己會哈哈大笑或難過時，那大概不會太離譜。

我的看法是，你不一定要懂微積分，才能去讀物理或數學。微積分也是可以用文學去理解，只是思考的路線不一樣。從剛剛講的模組化認知結構，我們可以導出一個次定律，叫做「一句話定律」。任何再深奧的理論，如果不能用一句淺顯易懂的話讓人明白，那不是這個理論有問題，恐怕就是你了解得還不夠透徹。

就像剛剛講的，文學是具象，哲學是抽象，那它們在做什麼？人跟動物不一樣的是，可以預先發現問題、了解問題、解釋或解決問題。文學和哲學在做的，也是這三樣事情。

但思考得好不好，就是愛因斯坦說的，你能不能提出一個好問題。現在回頭看小時候碰到的大問題，有很多都已成了愚蠢的問題。譬如五四時代吵翻天的中學為體和西化的問題，如果你了解根源在哪裡，就不成問題。另一個我們從小就被困擾的愚蠢問題是：要為人生而藝術，還是為藝術而藝術，到現在竟然還有人在吵，很不可思議。但如果搞清楚文學的起源和本質，這又算哪門子的問題。

劉：你這幾年，都讀些什麼東西呢？

賀：這幾年文學讀得少，好像江湖上那些路數都擺在你面前，沒看到比較吸引人的東西，可能新的東西還沒出現吧。反而雜七雜八讀比較多，像是新達爾文主義、量子論、信息理論、分子神經學……，一些跟想像力比較密切的東西。很多都是二十世紀下半葉才出現的新東西。

正是因為我們要用猜測來探索這世界，想像作為一種思考工具才更顯重要，才使得科學和文學的對話成為可能。

你可以說道爾頓的原子論是用實驗和觀察歸納來的，但我可不相信那種洞察力在歸納之前不必用到想像。難怪他剛發表原子論時，會被譏為「天真幻想家的夢囈」。

沒錯，想像經常出錯，但一旦對的時候，卻常令人震驚。讀過量子論再回過頭來看塞尚的印象畫，你就知道我的意思。

劉：你讀的時候會做筆記嗎？不然怎麼信手拈來用在小說裡？

賀：不會。我是懶到無藥可救那種人。年輕時還會努力畫線，現在連畫線都懶。寫在小說裡，只是把它抓來用而已。以前讀到什麼好東西，想到有天會用到，會想要找個地方把它藏起來，像松鼠藏栗子那樣。後來才知道，松鼠要藏那麼多栗子，是因為牠常常忘記原先藏在哪裡了。（笑）

現在寫作根本不需要這樣，要找某方面的知識，上網就對了，所有東西都找得到。重要的是，背景知識要先打好基礎，不然要到哪裡去找都不知道。大致上有個想法後，上網會發現有好多廣大的世界。再過一陣子，所有的筆記都在雲端了，不是嗎？

有時候想到就會害怕。現在才web 2.0就這樣了。誰想像得到web 5.0會怎樣。

那是一種比螞蟻的集體智慧大上幾百兆倍的東西，不是嗎？

劉：你大學畢業後曾回家裡的礦場工作，當時為什麼有這樣想法？怎麼會在那時期寫出多篇犀利散文？

賀：那時是因為老爸生病住院，被叫去幫忙。礦場有個好處是讓你靜下來，整天面對一座山，可以坐在山洞口，或是絕對黑暗的坑道裡沉思。可是在礦工的工作裡，看到的是在底層人性裡，你不想看到、或是以前沒想過的東西。

後來會寫東西，要從閱讀經驗開始講。好的小說，是你看了也會想寫作；偉大的小說，是你看了根本就寫不出來了。你心目中一定會有幾位偉大的作家，什麼叫偉大？在我的經驗裡，偉大的作家，是讀了他作品之後，你會有很長一段時間沒辦法寫東

西，因為你怎麼想、怎麼寫都是他的東西；你的呼吸、你的眼睛都是他的。

這種作家在我生命中出現過幾個。早期一個是卡夫卡，一個是貝克特。你看貝克特，他用那麼短、那麼少的字數，表現那麼深沉的東西。我們老在講要給個故事，但貝克特他不說故事，反而讓你看到更多。

當我準備要開始寫作時，又看到一個人，叫做馬奎斯。看完以後真的寫不出來了。要很長一段時間，才有辦法掙脫出來。所有的書寫都是奠基在前人的書寫，只是看你最後有沒有辦法脫離影響。

看完馬奎斯，我大概有五六年沒辦法寫東西，就是在寫〈速度的故事〉之前幾年左右。戒嚴時期我就想寫二二八，它的背景跟《百年孤寂》太類似了，如果我那時寫，一定變成模仿抄襲。後來看到一篇想釐清魔幻和科幻的文章，很有意思。他的觀點是：獨裁政治是魔幻的溫床，而科幻作品卻盛行於民主社會。我想這跟資訊的傳播有很密切的關係。

年輕時會寫那些散文，部分原因是想表達我對散文的看法，部分是因為還在戒嚴時期。獨裁政治的可怕是會扭曲所有的人，那種扭曲要是你自己沒意識到更可怕。那時自然會想寫些攻擊、嘲諷政權的東西，也許只是想表明自己有意識到那種扭曲。但現在看來，那也是另一種扭曲。我很慶幸現在可以把政治放在一邊。獨裁會把文學拉低到和政治一樣的高度。只有自由才能解放它。自由，對作家來說，是最好的禮物；能夠跟政治保持某種程度的疏離，更是最好的態度。

會從散文入手，本來是有個完整的一本書的計畫，想把散文

的文類做個總整理，像《昭明文選》做過的工作那樣，看看能不能發現什麼。當然我不會從搜羅入手，而是想從解構的角度著手。但寫了幾篇後，就知道我大概玩完了。再這樣玩下去，遲早會把自己玩死，因為思維已經固定了。當你可以知道自己還會寫出什麼東西來，那豈不是死路一條？

劉：馬奎斯這座山，你現在已經爬過去了嗎？

賀：我想是。卡夫卡、貝克特、馬奎斯都爬過去了。一旦擺脫它，自由了，偶爾想要抓點東西回來用，就怎麼寫都舒坦了。福克納說的，小說家要像個小偷，看到好東西怎麼偷怎麼搶都要把它拿過來。何況你爬過那些山後，看到的是另一片從沒想過的風景。

會開始想寫東西，轉折點大概是大四時，美麗島事件前後。現在回想起來，我前半生好像都在為理論家做準備，好歹也讀了一些文史哲，本來去讀個研究所是順理成章的事。但到了大四突然發現，我不會走研究的路了。一來是突然覺得自己不是那種人，不是規規矩矩做扎實功夫的料。二來是看了那麼多理論之後，發現沒有一個自己可以信服的理論，會懷疑很多東西。三來是覺得自己可以寫些不一樣的東西。你知道，那個時代，最恐怖的是你去到書店，會發現怎麼大家都在寫同樣的東西，一種大家都醬在一起的感覺。

我還記得大二時，讀了一篇 D・H・勞倫斯的短文，講為什麼要寫作。那也是一篇害我好久好久不能下筆的東西。即使每個人答案不同，但我想每個作家都欠自己這麼一篇文章。

　　劉：你曾戲稱自己是「中文系汽修科音響組」，除了寫作之外，還玩很多東西……

　　賀：現在想玩的東西還是很多。（笑）

　　現在比較想玩的是機車，至於麵包烘焙才剛開始，還在研究麵粉的階段。音響、汽車、紅酒、雪茄……那些都是早期的樂趣了。

　　所謂玩家，其實到了最後只是在玩弄知識和感覺。高中時想玩音響，當然就會去焊一台擴大機；大學時想玩汽車，就會學著去拆引擎。詩人可以從一粒沙看見一個世界，從一朵花看見天堂。我沒那麼厲害，但我曾經從一張擴大機的線路圖，看見一篇完整小說的可能。

　　拿酒來說，酒雖然是液體，但其實好的酒像固體，就是英文裡講的body，陳年的好酒是可以嚼的。音響也一樣，你到最後追求的不是氣體，而是固體，低音會沉重到讓你感覺到質量，中高音還會讓你看到形體，看到一個女人在你面前唱歌，看到她的嘴形變化。

　　還記得誰是第一個說女人是水做的嗎？說女人是男人的肋骨做的，你可以說那是在物化女人；但能看出女人是液體的，那肯定是玩家。

　　總是要玩到一個境界才會知道你在追求什麼，才會知道你追求的是哪種幻覺帶來的樂趣，才會知道你得到了什麼，也失去了什麼。（苦笑）

　　劉：你擔任過多場文學獎評審，你的作品也影響到很多年輕

人，後來很多小說獎應徵作品，就會出現「GG」等名詞，你會給寫作的年輕人什麼建議？

賀：怎麼，我已經老到可以給人家建議了嗎？（笑）

不要給建議是最好的。文學的最大優點就是自由，沒有準則的自由、無政府狀態的自由。文學如果有準則的話，怕不死了八百次了。我做標題那麼多年，我都跟後來的編輯講，標題是沒有準則的，可以不要靠準則去寫、可以寫到沒有準則，是最了不得的。

如果要說藝術有什麼可貴的話，那最可貴的定律就是目前所有的定律都是用來讓你打破的，端看你有沒這能力而已。就在這一點上，藝術和科學劃了開來。科學要的是一樣的東西，藝術要的是不一樣的東西。但藝術難就難在你要打破什麼東西，總要先知道是什麼捆綁束縛了這東西。

年輕人會受到影響，表示有受到衝擊，我很高興看到年輕人能接受這種東西，且不提他了解了沒。要是只有老年人說你的東西好時，恐怕才是你需要煩惱的時候。

我可以跟年輕人講的是，跟其他行業比起來，從事文學的風險很大，雖然進入這行的門檻非常低，但投資報酬率更低，甚至經常帳都是赤字的。何況，任何行業的人都可以轉入文學，但從文學想轉入其他行業可沒那麼容易。雖然政治與文學同屬馬克思說的上層結構，但我總覺得，文學的高度還是比政治高太多了。你看人類花了那麼多年，才爭取到那麼一點民主和自由，但在文學的眼光裡，那一丁點民主算什麼，根本還是擺脫不了剝削和壓迫。反過來看，在文學的世界裡，已經快達到了無政府又能自律

的自由，不是嗎？

原文發表於《印刻文學生活誌》第82期，2010年6月

本文略經作者增補

◎劉梓潔

一九八〇年生，彰化人。師大社教系新聞組畢業、清大台文所碩士班肄業。曾獲林榮三文學獎、台北電影節最佳編劇、金馬獎最佳改編劇本。著有散文集《父後七日》。現為自由作家、編劇。

新書簽講會

主題：《去年在阿魯吧》
主講人：賀景濱

時間：10月28日（五）晚上8點至9點
地點：台北市松高路11號3樓Mini Forum
（誠品書店信義店）

洽詢電話：**02-27494988**（免費入場，額滿為止）

國家圖書館預行編目資料

去年在阿魯吧／賀景濱著. --初版. --臺北市：
寶瓶文化, 2011. 09
面；　公分. --（island；153）
ISBN 978-986-6249-61-7（平裝）

857. 7　　　　　　　　　　　　100017365

island 153

去年在阿魯吧

作者／賀景濱

發行人／張寶琴
社長兼總編輯／朱亞君
主編／張純玲・簡伊玲
編輯／禹鐘月・賴逸娟
美術主編／林慧雯
校對／張純玲・陳佩伶・呂佳真・賀景濱
企劃副理／蘇靜玲
業務經理／盧金城
財務主任／歐素琪　業務助理／林裕翔
出版者／寶瓶文化事業有限公司
地址／台北市110信義區基隆路一段180號8樓
電話／(02)27494988　傳真／(02)27495072
郵政劃撥／19446403　寶瓶文化事業有限公司
印刷廠／世和印製企業有限公司
總經銷／大和書報圖書股份有限公司　電話／(02)89902588
地址／台北縣五股工業區五工五路2號　傳真／(02)22997900
E-mail／aquarius@udngroup.com
版權所有・翻印必究
法律顧問／理律法律事務所陳長文律師、蔣大中律師
如有破損或裝訂錯誤，請寄回本公司更換
著作完成日期／二〇一一年六月
初版一刷日期／二〇一一年九月
初版五刷日期／二〇一一年九月二十九日
ISBN／978-986-6249-61-7
定價／三二〇元
Copyright©2011 by Jing-Bin He
Published by Aquarius Publishing Co., Ltd.
All Rights Reserved
Printed in Taiwan.

（請沿此虛線剪下）

寶瓶文化事業有限公司　收

110台北市信義區基隆路一段180號8樓

8F,180 KEELUNG RD.,SEC.1,

TAIPEI.(110)TAIWAN R.O.C.

（請沿虛線對折後寄回，謝謝）